KB033721

일단 자고 내일 생각할게요

박영준

작가의 말

　　살다 보면 알게 모르게 잃는 것이 많고 또 살다 보면 알게 모르게 얻는 것도 많습니다. 그런데 삶을 되돌아볼 때면, 잃었던 것들만 잔뜩 떠오릅니다. 참 아쉬웠고 아까웠나 봅니다. 언젠가 얻은 것들에만 집중해서 곰곰이 생각해 봤습니다. 누구나 얻을 수 있다고 생각했던 것도 '나'라서 얻을 수 있었던 것이고, 당연히 가지고 있는 거라고 여겼던 것들도 '나'라서 가지고 있을 수 있었던 것이었습니다. 놓치거나 잃기만 해서 참으로 안 풀리는 인생이라 한탄하기도 했던 삶인데, 이렇게 하나씩 찬찬히 살펴보니 생각보다는 잘 일궈진, 그리고 잘 일구고 있는 인생일지도 모르겠다는 생각이 들었습니다.

누군가 하찮게 여기고 있는 삶도, 불행하다 느끼고만 있는 삶도 마찬가지일 겁니다. 여기까지 살아온 것만으로도 열심히 살아왔다는 것이고, 정말 많은 것들을 이뤄냈다는 것입니다. 잃은 것도 얻지 못한 것도 참 많아 아쉬운 삶이기도 하겠지만, 단지 익숙해지고 당연해지다 보니 의식하지 못하는 것뿐입니다. 성공과 부, 명예 그리고 지위. 모두 노력해야 얻을 수 있는 것들이고 얻기 위해 최선을 다해 살아가도록 만드는 것들입니다.

행복, 휴식, 여유, 친구와 가족 그리고 사랑. 우리도 모르게 우리의 삶에 당연히 자리 잡은 것들인 탓인지, 우리는 이것들을 당연하게 여기곤 합니다. 그러나 사실 이중 당연하게 찾아온 것들은 하나도 없습니다. 우리가 노력했기에 찾아왔고 노력해야 얻을 수 있는 것들입니다.

이처럼 살아가며 당연하다 생각하는 것들은 놓치기도 쉽습니다. 우리는 살면서 우선순위를 두며 살아가기 마련이고, 당연한 것은 중요하지 않게 느껴져 조금씩 뒤로 밀려나기 마련이니까요. 그렇기에 이 책에는 당연하면서도 당연하지 않은 것들을 담아냈습니다. 우리를 웃음 짓게 만드는 것들은 대개 우리가 당연하게 여기는 것들임을 놓치지 않았으면 하는 바람입니다.

차례

Part 1. 한 걸음 뒤에서 바라보기

Part 2. 무거운 것을 내려놓기

Part 3. 적절한 거리 두기

PART 1.

한 걸음 뒤에서 바라보기

반복되는 일상에,
아주 작은 여유 한 방울

익숙한 곳에는 내가 힘들게 버텨온 시간이 묻어 있다. 출근하는 시간이 아닌데도 출근하는 버스를 타면 출근할 때의 기분이 스며들어 오고 퇴근할 때 걸어오던 길을 걸으면 마치 퇴근을 하고 온 기분이 스며들어 온다. 또 한창 작업을 하던 카페를 가면 아직 마무리하지 못했던 작업이 떠오르고 그것들을 해야 할 것 같은 기분에 휩싸인다. 단지 쉬러 왔음에도 말이다.

익숙한 곳은 우리가 해야 할 일들을 자꾸 떠오르게 한다. 어쩌면 그래서 사람들은 여행을 떠나는 것일지도 모른다. 가보지 않은 곳에는 아무런 흔적이 묻어있지 않으니까. 우리가 두고 온 일거리들과 연관이 없기에 우리를 그 일들에서 벗어난 자유인으로 만들어준다. 아무것도 신경 쓰지 않아도 된다는 것은 참으로 좋은 기분이다. 내가 얽힌 인간관계에 대한 걱정도 필요 없으며, 내가 속한 사회의 치열함에 허덕일 필요도 없게 만들어준다. *낯선 사람은 있어도 잘 보여야 할 사람은 없으며 낯선 일들은 많지만, 잘 해내야 하는 일들은 없다.*

나는 그래서 종종 새로운 곳으로 여행을 떠난다. 아주 멀리, 혹은 가까이. 어딘가 탁 트인 바다를 보러 가기도 하고 늘 다니던 길이 아닌 새로운 길로 가보기도 한다. 언젠가는 새로운 길로 가다가 아무 생각 없이 공원에 들어섰던 적이 있었다. 들어선 공원은 여유가 넘치는 사람들로 가득했다. 평일 대낮인데도 불구하고 가족들과 놀러 온 사람들도 있었고 자신의 반려견과 같이 산책을 하는 사람들도 있었다. 또 어떤 노부부는 꽃을 배경으로 서로 사진을 찍어주고 있었다.

가만히 벤치에 앉아 그 사람들을 보자니 절로 마음의 여유가 생겼고 한동안 바쁘다는 핑계로 꺼내지 않았던 책을 꺼내 읽었다. 평소라면 시간을 보느라 제대로 집중하지 못했겠지만, 그때에는 어찌나 집중이 잘되던지 시간 가는 줄도 모르고 읽었다. *세상의 흐름 속에서는 그 흐름에 휘*

말리느라 여유를 갖기가 꽤 어렵다. 그러나 그곳에서 벗어나 여유를 갖는 방법은 그렇게 어렵지 않은 것이다. 그 치열한 세상에서 단절된 곳에 가는 것.

머나먼 곳으로의 여행도 좋지만, 가보지 않았던 카페도 식당도 혹은 공원에 가는 것도 좋다. 우리의 흔적이 남아있지 않은, 오롯이 우리 자신에게 집중할 수 있는 곳이면 충분하다. 반복되는 일상의 분위기를 전환하는 것에는.

반복되는 일상에 새로운 바람을 넣어주는 것은 꽤 중요합니다. 잠깐의 휴식이 여행만큼의 여운을 남기진 못할 것이고 잠깐 쉴 바에 하나라도 더 하는 것이 낫겠다고 생각할 수 있지만, 잠시 쉬며 조금 숨을 고른 후에 내일 다시 힘을 내어 더 열심히 하는 법도 있음을 잊지 않았으면 좋겠습니다.

너무 버겁다면,
한 걸음 뒤에서 바라보기

도심의 빽빽한 빌딩은 밤이 되면 화려한 야경으로 변한다. 일상을 달래주는 로맨틱한 불빛들. 멋진 야경을 볼 때면 우스갯소리로 이런 이야기를 한다.

"저 건물들의 불빛은 야근하는 사람들이겠지."

누군가가 힘들게 하는 야근 덕분에 누군가는 멋진 야경을 선물 받아 위로를 받고, 또 누군가는 힘들게 야근을 하고 와서 또 다른 누군가의 야근 덕분에 켜진 불빛들에 위로를 받는다. 이런 얘기를 하자면 찰리 채플린이 남긴 유명한 말이 떠오른다.

"인생은 가까이 보면 비극이고 멀리 보면 희극이다."

가까이에서 보면 구체적이고 세밀하게 볼 수 있다. 멋들어진 예술작품도 현미경으로 보면 그저 하나의 점들이 모여있을 뿐이다. 우리는 대개 스스로가 겪고 있는 문제에 대해선 아주 신중하게 고민을 한다. 한 번뿐인 인생을 살며 누구보다도 자신의 인생을 가까이서 지켜보았으니 신중해지는 것이 당연하다. 자신에 대해 아는 것이 많은 만큼 고려할 것도 많을 테고. 그러나 자신의 문제와 비슷한 문제가 친구든, 직장 동료든 타인에게 넘어간다면 명쾌하게 대답이 나오곤 한다. 자신의 고민일 때에는 불안요소였던 것들이 상대의 입장으로 넘어가면 고민해볼 사항으로 여기지 않기 때문이다.

그렇다고 그 대답이 틀린 것만은 아니다. 당사자는 신중하고 신중하게 고민했던 문제인데 타인의 입에서는 간단하게 답이 나오는 것을 보면 괜스레 부정하고 싶지만 대부분 옳은 말이다. 선택에 따른 결과에만 집중할 수 있었기에 쉽게 답이 나온 것뿐이다.

우리가 사소한 것이라도 신중하게 고민하고 불안해하고 힘들어하기도 하는 것은 우리의 인생이니까 당연한 일이다. 다만, 만약 그것 때문에 너무 지치고 힘들다면 조금

은 다른 이들에게 조언해줄 때처럼, 다른 이들의 고민인 것
처럼 한걸음 뒤에서 바라볼 필요가 있다.

"내 친구가 이런 고민을, 이런 힘듦을 나에게 말한다면
나는 어떻게 말했을까." 하고 생각해보자. 의외로 쉽게 답
이 나올 수도 있으니까.

자신의 고민이나 문제에 대해 걱정하는 것은 당연한 마음입니다. 일생일대의 선택에서 옳은 결정만 하고 싶은 마음은 누구나 같기에, 신중하게 생각하는 것은 당연한 겁니다.

그러나 아무것도 하지 못 하고 머리가 아플 정도로 고민하는 것은 독이 될 뿐이라는 것을 아셨으면 합니다. 신중하면 신중할수록 꼬여버리기 쉬운 것이 걱정이거든요.

깊어지기만 하는 고민을 잘라내기는 쉽지 않겠지만, 정 어렵다면 고민을 행동으로 옮겨보는 것은 어떨까 합니다. 적어도 그 고민으로 밤을 지새울 일은 줄어들 테니 말입니다.

어차피 산 넘어 산이라면
즐기는 것이 어떨까요

10대에는 대학에 가는 것이 가장 큰 걱정이었고 대학만 가면 나의 고생은 끝이 날 줄만 알았다. 하지만 그렇게 10대 시절을 지나 20대가 되고 나니 학교라는 울타리를 벗어나 사회로 나가야 하는 때가 다가왔고 진로에 대한 걱정과 앞으로 어떻게 살아야 하나라는 고민이 새로 자리 잡았다. 30대가 가까워지는 이 순간도 마찬가지였다. 미래에 대한 걱정은 끝이 나질 않는다.

산 넘어 산이라는 말처럼 눈앞의 산만 넘으면 고생이 끝이 날 것만 같아도, 새로운 산이 하나 더 나타난다. 20대가 지나 30대에 다른 산이 하나 더 나타날 것이고 40

대, 50대에도 마찬가지로 넘어야 할 새로운 산들은 계속 나타날 것이다. 여태까지는 산을 하나 넘으면 고생 끝이라는 생각으로 버텼지만, 또 넘어야 할 산들이 남았다는 사실에 너무나도 무기력해진다.

미래에 대한 걱정이 꼬리의 꼬리를 물고 당장 내일의 고민에서 먼 미래의 고민까지 걱정이 닿았을 때쯤, 이따금 찾아오는 무기력함에 빠져 너무 우울해진 나머지 결국, 아무것도 하지 못하는 상태로 지냈던 때가 있었다. 몇십 년이나 남았을지 모르는 미래가 지금 상태보다 나아질 거라는 확신도 없을뿐더러 지금의 상태마저도 유지할 자신이 없었다. 이러지도 저러지도 못하는 지금의 나를 보고 있자니 가슴 한편이 답답해지고 불안해지기만 할 뿐이었다.

이러한 무기력함에서 벗어난 것은 우습게도 딱히 할 수 있는 것이 없다는 것을 알아챘을 때였다. 오르지 못할 나무는 쳐다도 보지 말라고 했던가. 내가 지금 넘어야 하는 산은 30대의 산도, 40대의 산도, 50대의 산도 아닌, 20대의 산이다. 20대의 산을 제외하면 나머지 산들은 지금 오를 수도 없는 산들이다. 만약 그 산들을 오르는 날을 위해 해야 할 것이, 할 수 있는 것이 있다면 고작 해봐야 등산을 더욱 잘하기 위한 준비물들을 챙기는 것뿐이다. 그런 건 등산길에 오르기 전에 해도 충분한 것이고.

그런 생각에 도달하니 내가 해야 하는 것이 아주 명확하게 떠올랐다. 멀리 보이는 산을, 혹은 보이지도 않는 산을 걱정하며 갈 것이 아니라 지금 오르고 있는 산의 풍경을 구경하면서 천천히 나아가는 것. 가끔은 그늘 밑에서 휴식을 취하기도 하고 장애물을 만났을 때를 걱정하며 오르는 것이 아니라 방해할 만한 장애물이 나오면 그제야 돌아서 갈지, 뛰어 넘어갈지 고민하며 올라가는 것.

정상에 오르면 멋진 풍경을 보며 한숨 돌리기도 하고, 나와 같이 산을 오른 사람들과 함께 기념사진을 찍기도 하며 20대의 산을 정복한 기쁨을 마음껏 누리는 것. 산을 천천히 내려오며, 지나간 시간을 되돌아보기도 하고 이제 새롭게 올라가야 할 30대의 산을 위한 준비를 하면 되는 것.

너무나 먼 미래에 답답해하고 당장 해결할 수 없는 것들을 걱정하며 늘 걱정과 불안을 달고 지내는 것보다는 그때가 아니면 누릴 수 없는 것들을 놓치지 않고 누리자. 그 산만의 색깔을 즐기면서 오르는 것이 우리가 할 수 있는 최선의 일이다.

언젠가 머리가 아플 정도로 걱정을 했던 일도 막상 겪으면 별거 아닌 것처럼, 멀리서 보면 정상까지 오르기 두려울 정도로 높고 가파르게 보이기만 했던 산도 막상 입구에 들어서면 평범한 등산로일 뿐입니다. 그렇게 험난한 절벽이 아닌 앞에 놓여있는 길을 따라 걸어가다 보면 정상에 다다르기도 하죠.

미래도 마찬가지입니다. 가보지는 못했고 멀리서만 바라보니 너무 높아 보이고 두려운 것입니다. 막상 가보면 앞에 놓여있는 길을 따라 걸어가면 될 뿐이고 그렇게 될 것입니다.

그러니 당장 손쓸 수 없는 고민으로 너무 걱정에 휩싸이지 않았으면 합니다. 걱정은 문제가 해결될 때까지 계속 찾아오기 마련인데, 먼 미래에 대한 걱정이 일찍 찾아온다면 너무 오래 곁에 두어야 할 테니까요.

인생에
정답이 없다는 말은

사람들은 저마다의 사연을 가지고 살아간다. 누군가는 힘든 시련을 이겨내기도 하고 누군가는 그 시련 속에서 잠시 주저앉아 쉬어가기도 한다. 또 누군가는 사랑하는 이와의 다툼에 상처받기도 하고 누군가는 사랑하는 이와 이별한 탓에 다툴 수조차 없는 것을 한탄하기도 한다.

10명 정도의 사람과 대화하면 그 속의 이야기는 10가지가 넘는다. 사람들에게 닥친 시련은 각기 다르고, 같은 시련이라 할지라도 헤쳐 나가는 방식 또한 달라 다양한 이야기가 나오기 때문이다. 그래서 사람들과 대화하는 것을 좋아한다. 이야기들을 듣다 보면 세상에는 알지도 못했던 많은 일이 일어난다는 아주 흥미로운 사실을 알 수 있기도 하고 내가 생각하지 못했던 방식으로 역경을 헤쳐 나간 이야기를 들으면 나의 사고방식도 조금씩 발전시킬 수 있다. 같은 상황임에도 각기 다른 해답을 내놓는 것을 볼 때면 매번 "인생에는 정답이 없다."라는 말이 떠오른다. 그들이 헤쳐 나간 방식이 모두 다르고 결과 또한 다르지만, 어쨌든 여기까지 도달했다는 것은 무사히 헤쳐 왔다는 것이다.

때로는 남들처럼 사는 것이 인생의 지표가 되기도 하겠지만, 그렇지 않다고 해서 잘못 가고 있다는 것이 아니라는 이야기다. 어떤 길로 나아가도, 나아가기만 한다면 그것이 그 사람만 풀어낼 수 있는 이야기를 쓰고 있는 것뿐이고 누군가는 그것을 새로운 지표 삼을 수도 있다는 것이다.

그러므로 우리는 문득 자신의 삶이 잘못 가고 있다는 불안감에 휩싸일 때, 의심할 필요가 없다. 우리는 우리만의 이야기를 써 내려가는 중이고 훗날 다른 이들에게 새로운 길을 제시할 기회를 얻은 것뿐이니 말이다.

어린 시절 수학 문제를 참 좋아했습니다. 정답은 하나였지만 정답을 푸는 방식만큼은 많아서, 제 마음대로 풀어내도 괜찮았거든요.

그런데 살다 보니 내 마음대로 해도 괜찮다는 것이 마냥 불안해지기만 합니다. 자꾸만 누군가 정해둔 길로 가야 안심이 되고 그렇지 않으면 잘못 가고 있는 것만 같아서 초조해지고 그래요.

누군 맞고 누군 틀리고. 삶은 그러한 객관식 문제들만 있는 문제집이 아니라는 것을 자꾸만 잊어버립니다. 분명 내 맘대로 풀어나가는 것을 더 좋아했는데, 어차피 1등 할 생각도 만점을 받을 생각도 없었으니 조금 늦거나 틀렸다고 해서 초조할 이유가 전혀 없었는데도 말이지요.

아무것도 하지 않아도
괜찮습니다

가끔 아무것도 하지 않으면 불안해지는 때가 있다. 아무것도 하지 않으면 편해야 하는데. 그럴 때면 아차 싶어 시계를 보고 아무것도 하지 않았던 시간을 계산하며, 그 시간에 내가 할 수 있었던 것들을 하지 않았다는 사실에 후회를 한다.

"지금 이 순간에도 적들의 책장은 넘어가고 있다."라는 말을 어렸을 적부터 들어왔던 탓일까. 경쟁 속에서 살아왔기에 경쟁하는 습관이 몸에 배어 잠깐 쉬거나 밥을 먹을 때까지도 시간에 쫓기는 것일지도 모르겠다는 생각이 들었다. 하지만 불안한 마음과는 다르게, 사실 적들의 책장이 넘어갈 때 아무것도 하지 않아도 아무 일도 일어나지 않는다. 불행해지지도 일을 그르치지도 않는다. 물론 쉬는 것을 핑계로 해야 할 일을 아예 하지 않는 정도로 미루는 것은 제외해야겠다.

많은 사람이 자신이 아무것도 하지 않으며 가만히 있는 시간을 낭비라고 생각한다. 자신이 부족하여 할 것이 없는 시간이 찾아왔다고 생각하거나, 자신이 나약한 탓이라고 자책하고 남들은 열심히 하는데 자신 혼자만 쉬는 것으로 생각하기 때문이다. 그러다 보니 무언가를 더 해야 할 것 같고 아무것도 하지 않을 땐 불안한 것이다.

하지만 그러한 "쉬어가는 시간"은 그렇게 무능력하거나 나약해서 찾아온 것이 아니다. 그저 해야 할 일을 모두 마쳤거나, 잠시 쉬어야 다시 달릴 수 있다는 것을 느꼈기 때문이다. *쉬어가는 시간은 열심히 살았기에 생긴 것이고 열심히 살아가기 위해 생긴 것뿐이라는 이야기다.*

물론 쉬는 시기가 길어지면 길어질수록 이 사실을 기억하기는 어려울 것이다. 다만 쉬는 시간까지 불안함을 느끼지 않아도 이미 충분히 하루하루가 불안하고 힘들다는 것을 기억했으면 좋겠다. 이를 기억하며 자신에게 여태까지 열심히 해왔으니 잠깐만 쉬는 것이라고, 해야 할 일들이 많아서 잠시 쉬었다가 하는 것이라고. 나는 포기한 것이 아니라 잠시 멈춘 것뿐이라고 이야기하며 말이다.

그렇지 않아도 힘들고 불행하다고 생각하는 삶이기에 잠깐의 쉬는 시간 마저 불안해하며, 자신을 더 힘들고 불행하게 만들지 않기를. 쉴 때만큼은 편하게 쉬기를. 아무것도 안 해도 아무 일도 안 일어나니까.

한가함이란
아무것도 할 일이 없게 되었다는 것이 아니라
무엇이든 할 수 있는 여유가 생겼다는 것이다.

- 플로이드 델 Floyd Dell -

작은 것부터 하나씩,
그리고 천천히

요즘 세상은 여유라는 것을 찾아볼 수 없이 성급함, 조급함으로 가득 차 있다. 시간적 여유나 마음의 여유도 찾아볼 새 없이 빠르게 움직인다. 이러한 탓에 우리는 늘 누군가에게 쫓기듯이 살고 있다. 여유가 없는 조급한 마음은 우리의 시야를 좁게 만든다. 충분히 할 수 있는 일도 조급한 마음이 들어가면 실수하게 되고, 다시 잘 풀어낼 수 있는 관계도 섣부른 마음이 들어가면 더욱 꼬여버리기 쉽다. 그리고는 결국 우리를 다치게 만든다.

초조함이 넉넉지 못한 우리의 심적인 여유를 갉아먹어 판단력을 흐리게 만들기 때문이다. 인간관계도 사랑도 마찬가지다. 새로운 사람을 받아들일 준비가 되지도 않았는데 누군가라도 만나야겠다는 초조함에 새로운 사람들을 만나면 결국 지치고 마는 것처럼 말이다.

쉽게 쌓아 올린 모래성은 무너지기도 쉽다는 말이 있다. 쌓기 쉽다고 성급한 마음에 모래로 성을 빠르게 쌓아봤자, 금방 무너진다는 이야기다. 여태껏 쌓았던 것들이 전부 말이다. 조급함은 우리가 쌓고 있던 모래성이 곧 무너질지도 모른다는 사실을 알게 되어도 애써 외면한 채 계속 모래를 쌓아 올리도록 만드는 것이다. 그렇지 않아도 급한 마음인데 모래성을 쌓는데 사용해버린 시간마저도 아주 아깝게 느껴지니 멈출 수 없다.

물론 그렇게 모래성을 쌓아 올려도 결국 무너지지 않고 쌓을 수도 있다. 여유 없이 조급하게 시작해도 잘 풀어나갈 수도 있다.

그러나 지금 자신이 쌓아가고 있는 모래성이 무너질 것 같은 위태로움을 느끼고 있다거나 무언가를 하는 데에 조급함을 느낀다면 크게 심호흡 한 번 하고 여유를 되찾은 뒤에 한 발자국 물러나서 바라볼 필요가 있다. 이것이 맞는 것인지. 아주 조금의 여유라도 조급함에 가려져 있던 것들을 보기에 충분하고 그렇게 넓어진 시야로 다시 천천히 하나씩 풀어나가면, 초조함에 엉켰다고 생각했던 것들이 의외로 쉽게 풀려나갈 것이니까.

빠른 기차 타면 빠르게 도착할 수 있지만, 느린 기차를 타면 멋진 풍경을 만끽할 수 있다는 말처럼 무언가 이루고자 하는 목표점에도 천천히 가보는 것이 어떨까 합니다. 그 과정에서 성취감과 소소한 행복을 느끼기도 하고 조금은 느릴지라도 나를 단단하게 만들며 말입니다.

시간이든, 상황이든 무언가에 쫓기느라 섣부른 마음에 일을 시작하거나 관계를 형성하면 결국 힘들어지는 것은 언제나 자신뿐이니까.

하고 싶은 것이 없어
불안한 당신에게

언제부터인가 하고 싶은 것이나 좋아하는 것이 있어야
만 하는 세상이 되었다. 자기계발을 위한 학원도 많이 생
겼으며, 사회 분위기가 은연중에 자기계발을 끊임없이 요
구하기도 한다. 퇴근 후 자기계발을 하는 사람을 보고 있
자니 가만히 쉬고 있는 내가 한심해 보일 때도 많다. 이러
한 현상은 크리에이터라는 새로운 직업이 생겨나고 선망
받는 직업으로 떠오르면서 취미였던 것을 생업으로 삼는
사람들이 늘어나기 때문이 아닐까 싶다.

누군가의 "하고 싶은 일을 하세요. 좋아하는 일을 꾸
준히 하면 성공할 수 있습니다."라는 말은 아주 달콤하다.

초·중·고등학교를 나와 대학교를 졸업하면 회사원이 되는 많은 사람들의 코스를 따라 걷기 싫으면 벗어나도 괜찮다고 알려주니까. 하지만 이런 희망찬 말도 누군가에겐 부담이 되기도 한다. 적어도 나한테는 그랬다. 정해진 코스대로 살고 싶지 않았지만, 나는 딱히 잘하거나 좋아하는 것이 없었으니까.

"하고 싶은 일을 하라."라는 말은 나에게 부담이 되는 말일 뿐이었다. 조금씩 나에게 도태되는 기분을 안겨주는 그런 부담. 하나둘 하고 싶은 것을 찾아 나가는 사람들을 볼 때면 '나도 빨리 좋아하는 것을 찾아야 할 텐데.'라는 생각에 쫓기기도 했다.

그러다 보니 언제부턴가 정해진 코스대로 회사에 다니며 사는 것이 '당연한 것'에서 '하면 안 되는 것', '하기 싫은 것'으로 바뀌었다. 분명 나름 즐겁게 하던 일이었는데, "너는 하고 싶은 걸 하지 못 하는 도태된 사람이구나."라고 말하는 것 같아 미워졌다. 자유로워야 할 것 같은 마음에 쫓기면서도 막상 자유로워지지 못하는 내가 원망스러워지는 그런 딜레마에 빠진 것이다.

그러나 생각해보면 좋아하는 일이 뭔지 모른다고 해서 자책할 필요는 없다. 왜냐하면 지금껏 인생을 살아오면서 경험했던 것들 중에는 내가 좋아할 만한 일이 없었을 뿐이니까. 내가 세상의 모든 경험을 다 해본 것이 아니므로, 그저 내가 살아오면서 만나본 일들 중에서 나와 맞는 일이 없었던 것이다. 그러니 좋아하는 일을 직업으로 삼으며 산다는 것은 크나큰 행운이라 말할 수 있겠다. 인생을 살면서 경험했던 것 중에 좋아하는 일이 하나쯤 있었다는 거니까. 그 반대의 경우라고 해서 도태되었다거나 부족해서가 아니라는 말이다. 아직 좋아하는 것을 만나지 못한 것뿐이니까.

꿈이 있든, 없든 하고 있던 것을 하며 조금씩 경험의 폭을 늘려가면서 살아가면 된다. 굳이 꿈을 가져야 한다는 틀에 갇혀있기보다는 그렇게 살아가면서 자연스레 자신과 맞는 것을 하면 될 뿐이다. 꿈은 찾아가는 것이 아니라 찾아오는 것이니까. 마치 평생 글을 써보지 않았던 내가 우연히 쓰기 시작한 글을 지금까지 써오는 것처럼.

좋아하는 것을 찾고 싶다면, 꼭 찾아내야 한다는 강박적인 생각으로 살아가기보다는 이것저것 경험을 하는 것에 재미를 느끼고 그 탐색의 과정을 즐기는 태도가 중요합니다. 좋아하는 것이 없다며 한탄하기보다는 그렇게 이것저것 해보며 재미있으면 조금 더 해보면 될 뿐이고, 재미가 없으면 다른 것을 찾아서 하면 될 뿐인 겁니다.

또, 꼭 좋아하는 것을 찾지 않아도 괜찮습니다. 그저 주어진 것을 하며 살아도 괜찮은 인생이고 그것을 즐기는 것만으로도 충분하니까.

괜찮다는 말에
애써 웃지 못하는 당신에게

가끔은 힘들기도 하고 가끔은 그럭저럭 괜찮았던 때.
확신은 없지만, 그래도 무언가라도 해보겠다며 살아가던
때. 사람들은 내게 말했다. "괜찮아. 다 잘 될 거야."라고.
힘들었을 때 이 말을 들었다면 조금은 다른 감정이 들었
을지도 모르겠지만, 그럭저럭 나만의 기준을 세우며 기운
내서 일어나고 있을 때 이 말을 들으니 오히려 숨이 턱 막
혔다. 마치 잘 나아가다가 벽에 부딪힌 것 같달까. 물론 이
말을 통해 전하고자 하는 마음이 어떤 것인지는 알고 있
었다.

뚜렷한 결과물은 없지만, 그래도 열심히 글을 쓰고 스

스로 잘하고 있다 믿으며 살아가던 때였기에 사람들의 "괜찮아."라는 말은 괜찮았던 나를 괜찮지 않은 나로 되돌렸다. 나름대로 잘 될 거라며 다시 일어선 나에게, 이 말은 마치 너는 아직 일어서지 못했다고 말하는 것 같았다. 나는 다시 일어서서 나아가고 있는데, 그것마저도 그들의 눈엔 부족한 것일까 싶었다. 그 말이 나를 위한 말이라는 것을 알기에 그 말을 해준 사람들을 원망할 수는 없겠지만 조금 밉기도 했다.

하지만 돌이켜 생각해보면 그들의 탓이라고만은 할 수 없겠다. 나는 스스로 괜찮아졌으니 다시 일어나서 나아간다고 했지만, 사실 마음 한구석에는 불안함이 언제나 있었으니까. 나에게 닥친 문제를 마주하기 무서워서 마음 깊숙한 곳에 숨겨두고 모르는 척하며 키워갔던 불안함. 마음속에 외면했던 그 불안함이, 그들의 말을 듣고 꿈틀거린 탓에 숨이 막혔던 것일 테다.

꽤 많은 사람이 자신의 빛을 잃어버린 채, 어둠 속에 갇혀버린다. 사람들은 저마다 자신이 가진 불빛으로 길을 비추며 나아갈 뿐인데 많은 사람이 비추며 가는 길이 너무나도 밝은 나머지 홀로 남은 빛이 되레 어둡게 느껴지기 때문이다. 밝은 빛 옆에 서면 그림자만 짙어지는 것처럼 말이다.

적당한 시기에 대학에 들어가고 적당한 시기에 회사에 들어가고 적당한 시기에 결혼을 하고, 누가 정했는지 모르는 적당한 시기를 벗어난 사람들의 이야기다. 적당한 길을 가는 사람들이 모여 만들어낸 밝은 빛을 보면서, 그사이에 끼지 못한 채 빛이 있는 건지 없는 건지. 초라해져 버린 자신의 빛 하나만으로 견뎌내는 외로운 싸움을 하고 있는 사람들.

대학에 먼저 들어간 친구들의 이야기에도, 회사에 먼저 들어간 친구들의 이야기에도, 결혼을 먼저 한 친구들의 이야기에도 끼지 못한 채. 그렇게 밝게 빛나는 것들을 보면서도 멈추지 않고 나아가야 한다는 것이 참 막막하기도 하고 무섭기도 하고, 비참할 때도 많은 싸움이다.

나는 이러한 외로운 싸움을 하는 이들에게, 그리고 나에게 말해주고 싶다. 참 고생이 많다고. 치열하기도 불공평하기도 한 세상에서 어떻게든 살아보겠다고 발버둥 치느라 고생이 많다고. 사랑하는 사람들에게 미안해서라도 열심히 살아만 가느라 고생이 많다고. 그리고. 우리와 같은 사람이 아직 많다고. 부러워하기도 했던 밝게 빛나던 무리 말고도, 우리 주변엔 홀로 빛을 내며 가는 사람들이 아직 많다고.

그러니 조금 힘들겠지만, 조금 더 열심히 해보자고. 그렇게 우리만의 빛을 내는 사람들과 어울리기도, 다른 빛들을 끌어안기도 하면서 우리도 나중에 웃으면서 살자고.

외로운 싸움은 마치 세상에 혼자 버려진 것만 같은 느낌이 들게 합니다. 분명 주변에 친구, 가족, 사랑하는 사람들이 있음에도 불구하고 빛을 내는 사람들 곁에 있으니 더욱 별거 아닌 사람이 된 것 같아 점점 작아져 버리니까. 세상이 원망스럽기도 합니다. 그들은 잘못이 없는데 자꾸만 그들 탓을 하게 만들기도 하거든요. 그래서 내 모습이 싫어질 때가 찾아오곤 합니다.

그러나 잊지 않았으면 좋겠습니다. 나만 세상을 원망하기도, 자신을 원망하기도 하는 것이 아니라 그렇게 살아가는 이들이 많다는 것을. 사람은 누구나 완벽할 수 없고 그런 시기가 찾아온다는 것을. 다들 겪는 시기를 지금 겪고 있는 것뿐이고 그런 과정을 거친다는 것만으로도 잘 가고 있다는 것이라는 것을.

평범함이라는 미학

초등학교 시절, 나의 장래희망은 회사원이었다. 아주 평범한 회사원. 때로는 이왕 갖는 꿈 크게 갖는 것이 어떻겠냐는 말을 듣기도 했지만, 그때마다 나는 그냥 평범하게 살겠다고 답했다. 나는 그냥 평범한 것이 좋았다. 그런 나에게 아버지가 해주셨던 말은 평범한 게 가장 어렵다는 것이었다. 그때의 나는 그 말의 의미를 알지 못했다. 평범하지 않게 사는 것이 더 어려운 것 아닌가, 하는 생각뿐.

평범하다는 말은 크게 눈에 띄는 부분이 없다는 것이다. 잘난 것은 없지만, 부족한 것 또한 없이 무엇이든 적당하다는 것. 그러기 위해서는 많은 것은 덜어낼 줄 알아야 하고, 적은 것은 채워 담을 줄도 알아야 한다.

결코 쉬운 일이 아닌 것이다. 부족한 부분을 깨닫게 된다고 해도 이 부족한 부분을 넘치도록 가지고 있는 것으로 메꾸면 되지 않을까 하는 마음이, 정확히는 가리면 되지 않을까 하는 마음이 욕심으로 변해 그렇게 되지 않도록 방해하기도 하니까.

참 어렵긴 해도, 나는 여전히 이런 평범함이 아직 좋다. 자꾸만 넘치는 것을 덜어내고 부족한 것을 채워 넣으라며 까탈스럽게 굴기는 해도 내가 가진 것으로는 잡을 수 없는 큰 욕심을 부릴 때 그것은 굳이 잡지 못해도 괜찮은 것이라 말해주고, 때로는 다른 사람에 비해 너무 부족한 것이 아니냐며 자책하고 있을 때 부족한 것은 조금씩 채워나가면 되는 것이라 알려주니 말이다.

우리는 늘 평범하게 살아가고 있다는 것을 잊고 삽니다.
괜스레 누군가를 부러워하고 괜스레 자신을 초라하게 여
기면서 말입니다. 그저 평범하게 잘 살아가고 있는 것뿐
인데도.

생각을 멈추는 주문

끊임없이 찾아오는 생각은 머릿속을 뒤죽박죽 만들어 나를 지치게 만든다. 과거에 대한 생각은 지난 일에 성찰하는 것을 넘어서 미련을 가지고 오고 미래에 대한 생각은 다가올 날을 대비하는 것을 넘어서 불안감을 가지고 온다. 이 때문에 밤잠을 설치는 날도 많고 온종일 무기력함에 휩싸여 보내는 날도 허다하다.

할 것들이 갑작스레 많아졌을 때도 마찬가지다. 하나씩 계획을 세우며 어떻게 처리해야 할지 머릿속으로 떠올릴 때 과부하가 걸린 것인지, 수많은 일거리를 눈앞에 두고도 갑작스레 의욕이 전부 날아가 버리기도 한다. 그렇다고 생각을 멈춰야겠다는 생각을 하면, 할 일들에 대한 부담과 생각을 멈추어야 한다는 압박감이 섞여 더욱 끊임없이 나를 괴롭힌다. 마치 바쁜 와중에 자꾸만 무언갈 해달라며 닦달하는 친구처럼 말이다.

생각을 멈추는 것도 닦달하는 친구를 대하는 것과 비슷하다. 닦달하는 친구를 조용히 시키려면 친구가 부탁하는 일을 해주면 된다. 생각을 멈추기 위해서도, 생각하지 않으려 발버둥 치는 것이 아니라 생각의 요구를 들어주어야 한다.

이들이 바라는 것은 해결책이다. 과거의 실수에 대한 해결책, 불안한 미래에 대한 해결책, 최대한 완벽하게 일 처리를 할 수 있는 해결책. 그러나 나의 머리를 아프게 만드는 생각의 대부분은 지금 당장 해결해 줄 수 없는 것일 때가 많다. 괜히 생각이 쌓이고 쌓여 머릿속을 복잡하게 만든 것이 아니라는 이야기다.

해결해줄 수 없다고 해서 방법이 없는 것은 아니다. 진정시켜주면 된다. 친구에게 "다음에 해줄게.", "잠시만 기다려."라는 말로 진정시키는 것처럼 복잡한 생각에서 벗어나고 싶다면 우리는 그저 마음속으로 이렇게 말하면 된다.

"일단 자고, 내일 생각해야지."

마음속으로 말해주는 것만으로도 날뛰던 생각들은 조금
은 차분해지고, 복잡해진 머릿속만큼 복잡했던 마음이
한결 가벼워질 테니까.

대부분 꼬리를 물고 오는 생각은 지금 당장 필요한 것들이라기보다 이때다 싶어 떠오르는 생각이 대부분입니다. 굳이 떠올리지 않아도 괜찮은 생각들이라는 거죠. 이런 생각들은 대개 조금만 지나도 무슨 생각을 했더라, 싶을 정도로 기억이 나지 않습니다.

그래서 생각이 멈추지 않을 땐, 그냥 잠을 자버리곤 하는 겁니다. 한숨 자고 일어나면 언제 그랬냐는 듯이 나를 괴롭히던 생각들이 기억나지 않기도 하고 감정 또한 사그라들어 조금은 차분히 생각들을 정리할 수 있거든요.

잘 수 없다면, 그냥 마음속으로 "내일 생각해야지."라고 말하는 것만으로도 충분합니다. 내일 생각해주기로 약속했으니 끊임없이 나를 괴롭히던 생각들이 조금은 순하게 굴어줄 것이니까.

**인생은 사실 그렇게 어려운 것이
아님을 잘 알고 있으니까**

언덕 위에 돌이 하나 놓여있습니다.
그 돌은 언덕 위에 가만히 있어도
잘 살아갈 수 있죠.

그 돌은 크게 바라는 것이 없어
가만히 지금의 모습을 유지한 채
살아가도 꽤 만족하거든요.

그래서 가만히, 그곳에서 행복하기로 합니다.
자신의 몸에 울퉁불퉁 모난 곳이 있어도
잘 살아갑니다.

자신이 만족하니까.

다른 언덕 위에 다른 돌이 하나 놓여있습니다.
이렇게 살고 싶지 않다고 생각한 돌은
언덕 위를 내려가기로 했습니다.

그대로 언덕 밑으로 구르기 시작한 돌은
여기저기 부딪히고 걸려 넘어지고
때로는 어딘가에 끼여 멈추기도 하며
자신의 몸이 조금씩 부서지는 것을 뒤로한 채
굴러 내려갔습니다.

이렇게 살지 않겠다는 결심 하나가
참 많은 용기를 주었나 봅니다.

그렇게 그 돌은 결국 언덕 밑으로 내려왔고
내려오는 동안의 수많은 부딪힘 덕분에
모난 곳 없이 동글동글한 돌이 되었습니다.

옆 언덕에 가만히 자신의 삶을 즐기던 돌이
이 소식을 들었습니다.

모난 곳 없는 돌이 부러워졌습니다.
울퉁불퉁한 자신이 조금 못마땅해졌습니다.

그래서 자신도 언덕 밑으로 내려가기로 했습니다.
아주 조금씩.
한 번에 굴러 떨어지는 것은 무서우니 말입니다.

하지만 참으로 애석하게도
그렇게 조심스럽게 내려가던 돌은
미끄러지고 말았습니다.

한 번 미끄러지니 멈출 수 없이
계속해서 부딪히고 넘어지고
그렇게 자꾸 부서지기만 했습니다.

큰일 났다 싶었습니다.
멈추려고 애를 써 봐도 뜻대로 되지 않았습니다.
돌의 힘으로 버티기엔 벅찼거든요.

그래서 그냥 부딪히면 부딪히는 대로
넘어지면 넘어지는 대로
부서지면 부서지는 대로 내려갔습니다.
어쩔 수 없었으니까.

그래서 어떻게 됐느냐고요?
결국, 언덕 밑에 도착하고서야 멈췄습니다.
모난 곳 없이 동글동글한 모습으로 말입니다.

인생이라는 것이 그렇습니다. 스스로 만족만 한다면 가만히 있어도 충분히 괜찮은 인생이고 그렇지 않으면 나아가면서 조금씩 변화를 이루면 되는 겁니다. 그러나 그렇게 살아가다 여러 사람을 만나다 보면 자신의 모습은 만족하던 때와 같을 뿐인데, 갑자기 흠이 생긴 것만 같은 기분이 들기도 할 겁니다. 비교는 어쩔 수 없는 마음이니 당연합니다.

그 과정에서 누군가는 그럼에도 이 정도면 충분하다며 만족스럽게 자신의 자리를 지킬 것이고 누군가는 이대로는 안 되겠다 싶어 변화를 위해 나아갈 것입니다. 나아가는 것은 또 쉬운 일이 아닙니다. 여기저기 부딪히면 꽤 아프기도 하고 발을 잘못 디뎠다가 미끄러지는 건 한순간이니까. 안 좋은 일이 한 번에 몰려오곤 하는 것처럼 말입니다.

나아가기로 시작한 순간 그럴 때가 한 번쯤은 분명 찾아올 겁니다. 그럴 땐 누군가를 원망해도 큰일 났구나 싶어 발버둥 쳐도 어쩔 수 없습니다. 정말 우울해져 버린 나머지 나만 왜 이렇게 됐나 싶기도 할 겁니다.

하지만 그렇게 끝나고 나면 인생이라 할 수 없죠. *미끄러지고 넘어지고 다쳐도 나아가는 것이 인생이니까.* 부딪히고 다치고 부서진다는 것은 잘못 가고 있는 것이 아니라 그만큼 나아가고 있다는 것입니다. 반증인 셈이에요. 오히려 어디에도 걸리지 않고 간다면 더 의심해보아야 합니다.

인생이란 그런 겁니다. 부딪히기 싫어 발버둥 쳐도 굴러가도 어쩔 수 없이 두 손을 놓아도 굴러가 앞으로 나아가지는 것. 힘이 남아있으면 그래도 원하는 방향으로 가도록 발버둥 쳐보기도 하고 힘이 없으면 두 손 놓고 굴러가는 대로 살면 그만인 겁니다.

너무 힘들다면 힘을 빼고 굴러가듯이 가면 되는 것이고 힘이 아직 남아있다면 조금은 힘을 내보면 됩니다. 그저 현실에 순응하는 것도 좋습니다. 언제나 맞서 싸우며 나아가는 것만 있는 것도 아니고 힘을 빼도 나아가는 것은 마찬가지니까.

옳다, 그르다 할 것 없습니다. 다 잘 가고 있는 것이니까. 지금처럼 살아만 간다면 조금씩 나아질 테니까.

PART 2.

무거운 짓을 내려놓기

나중에 나중에
그리고 또 나중에

"나중에 할게. 나중에 해야지."

무언가 틀어져도 그것을 다잡기보다는 그 상태 그대로
잠시 놔두어야만 하는 날들이 있었다. 친했던 지인과 소
홀해진 연락 탓에 점점 멀어지고 있다는 사실을 깨달았을
때, 사랑하는 연인이 섭섭해 하고 있다는 것을 알았을 때,
밥 한끼라도 같이 먹자던 부모님이 내심 사람 냄새나던 시
간을 그리워한다는 것을 알았을 때에도 바쁘다는 이유를
붙이고, 나중에 여유가 생기면 해야겠다며 미뤘다.

앞으로도 잘 살아내려면, 제 한 몸 건사하려면, 해야 할

것들이 너무 많았던 탓이었고 내심 언젠가는 하게 될 것이라는 안일하다면 안일한 생각도 품었기 때문도 있다. 하지만 며칠이 지나고 몇 주가 지나고 혹은 몇 년이 지났음에도 잊어버려서 혹은 여전히 여유가 생기지 않아서 아직까지 방치되고 있는 것들만 늘어날 뿐이었다.

얼마 전에 보았던 영화 〈라스트 홀리데이〉에는 상사의 모욕을 견디고 하고 싶은 것들을 참으며 오로지 미래를 위해 돈을 모으는 주인공 조지아의 모습이 나왔다. 사실 이 영화를 보게 된 계기는 이러한 모습들에 공감이 되었던 것도 있고, 나중으로 미루어만 왔던 버킷리스트를 이루어가는 모습들에 대리만족을 느끼고 싶어서도 있다.

영화는 주로 시한부 인생을 선고받은 조지아가 미래를 위해 참아왔던 것들을 하나씩 누려가는 삶을 그린다. 그 결과 주인공 조지아는 모든 것을 참으며 살아가기만 하던 인생과는 완전히 달라진 인생을 살아가는 사람이 된다. 나는 영화를 보는 내내 '나도 하고 싶은 대로 해볼까?' 싶기도 했고, '그러면 저렇게 될 수 있을까.' 하는 기대감도 품었다.

나는 나의 인생이 여유가 없는 삶이라 생각했다. 무언가 잘못되고 있다는 것을 알고 있음에도 바로 잡을 여유가 없었다. 늘 무언가를 해야 한다 생각하고 나중을 위해 참아야 한다 생각했다. 그러나 내가 없던 것은 시간적 여유가 아니었다. 마음의 여유가 없었던 것뿐이었다. 연락이 소홀해진 지인에게 안부 문자 한 통 정도는 보낼 시간이 있었고 사랑하는 연인의 얼굴 한 번 정도는 보고 갈 시간이 있었다. 가족과 밥 한끼 같이 먹으며 이야기할 시간도 충분했다.

마음의 여유가 없다는 것은 그런 것이다. 충분히 할 수 있음에도 해서는 안 될 것처럼 만드는 것. 지나치게 바쁜 삶을 살아가며 잠시의 휴식도, 여행도, 사랑하는 이들과의 시간도 괜스레 지금은 아니야. 나중에 해야지. 나중에. 라며 미룬다.

군대를 전역하고 등록금을 벌 겸 아르바이트를 하고 있을 때 한 직원분이 나에게 말했다. "지금 놀 수 있을 때 놀러 가. 직장 다니고, 나이 먹으면 돈은 있는데 시간이 없어서 갈 수가 없어." 남들이 가는 여행이 내심 부러웠지만, 그럴 시간이 없다고 생각했을 때였다.

나는 그렇게 생각한다. 무언가 하고 싶은 것이 떠올랐을 때, 해야 한다는 생각이 떠올랐을 때가 분명 그것을 할 수 있을 때라고. 여행을 가고 싶다는 생각이 들었을 때에는 어떻게든 여행을 갈 수 있도록 만들 수 있는 상황이고 사랑하는 이들과의 시간을 보내야 한다는 생각이 들었을 때에는 어떻게든 시간을 보낼 수 있다는 이야기다.

애초에 할 수 없었으면 하고 싶다거나 해야 한다는 생각이 들지도, 부러운 마음이 생기지도 않았을 것이니까.

할까 말까 고민했던 것들을 나열해보니 다들 같은 후회를 남겼습니다. '그냥 할걸.'이라는 후회. 고민할 시간에, 망설일 시간에 했다면 충분히 하고도 남는 시간이었거든요.

인생은 짧으니 하고 싶은 것을 다 하며 살라는 말을 전하고 싶은 것은 아닙니다. 어쩌면 이 말은 무책임한 말이라는 것을 잘 알고 있습니다. 할 수 있는 것을 포기하고 누릴 수 있는 것을 참으며 미래를 준비하는 것이 잘못된 것만은 아니기도 하고요.

다만, 너무 쉽게 포기하고 너무 많은 것을 참지는 않았으면 합니다. 어느 정도는 누려도 괜찮고 인생이 짧다는 말은 사실이기도 하니까요.

나의 인생도, 사랑하는 이들의 인생도 마냥 기다려주지는 않을 것이라는 걸 잊지 않았으면 좋겠습니다. 시간은 언제까지고 기다려주지 않을 것이고 우리는 언젠가 그 시간에 잡아먹히기 마련이니까.

인간은 항상 시간이 모자란다고 불평을 하면서
마치 시간이 무한정 있는 것처럼 행동한다.

- 세네카 Seneca -

내가 불행했던 건
행복을 원했기 때문이었다

나는 기분이 좋으면 무엇이든 할 수 있을 것만 같은 그런 기대감에 쉽게 휩싸인다. 그래서 일부러 스스로를 적당한 우울감에 빠뜨리고는 한다. 우울이라고 하면 슬프고 우중충하고 그런 부정적인 요소들이 떠오르겠지만, 적당한 우울감은 기분이 들뜨는 것을 방지할 수 있도록 해준다.

들뜬 기분과 기대감을 가졌을 때의 설레는 기분이 싫어서 이러한 태도를 보이는 것이 아니다. 기대감 뒤에 찾아오는 실망감이 불편할 뿐. 실망감은 아주 간단하게 사람을 불행한 것처럼 만든다. 아주 사소한 기대라도 그것이 실망으로 바뀐 순간, 무언가 잃은 것과 같은 착각을 하거나 갑작스레 시련이 찾아온 것만 같은 기분이 들게 만들기 때문이다. 기대라는 것이 없었더라면 그냥 그러려니 했을 일들이었음에도 말이다.

어느 날 TV를 보고 있었는데 "대학생이 되면 모든 것이 행복할 줄 알았는데 그렇지 않아요."라는 고민에 관한 이야기가 나오고 있었다. 나의 수험생 시절과 갓 성인이 되었을 때의 기억이 떠올랐다. 조금만 참으면 그에 걸맞은 해방감과 보상을 받을 수 있다는 희망찬 기대감을 버팀목 삼았던 수험생 시절. 성인이 된 자유를 마음껏 만끽하고 지긋지긋한 공부의 늪에서 벗어날 수 있다는 희망을 원동력 삼아 버텼지만, 막상 성인으로서 마주한 현실은 그렇게 밝지만은 않았던 시절이었다.

많은 사람이 힘들 때 희망을 품고 이를 원동력 삼아 버티며 살아간다. 희망이 모두 이루어지지만은 않는 세상이라는 것을 알고 있음에도 희망을 품지 않으면 버티지 못할 세상이기도 하고, 희망만큼 달콤한 것은 없으니까. 그러나 너무 과한 희망은 때로 독이 된다. 과한 기대감은 그것에만 초점을 맞추게 만들기 때문이다. 앞서 말한 수험생 시절 꿈꿨던 캠퍼스 라이프가 펼쳐지지 않아 불행하다 느낄 때, 소소한 행복을 바랐을 뿐인데 자꾸만 불행해진다고 느낄 때가 이러한 경우다.

꿈꾸던 만큼의 캠퍼스 라이프가 펼쳐지진 않았을 뿐이지, 수험생 시절과는 다른 즐거움이 찾아왔을 것이고 언젠가 바라던 소소한 행복은 이루어지지 않았을지라도, 다른 소소한 행복이 찾아왔을 것이다. 단지 과한 기대감에 사로잡혀 그것을 누리지 못했거나 누렸음에도 눈치 채지 못했을 뿐이다.

그러니 희망을 품되, 너무 그것만 바라보지 않았으면 좋겠다. 희망은 희망 사항일 뿐이고 기대감은 되면 좋겠다는 마음일 뿐임도 잊지 않기를 바란다. 우리는 원하던 무언가를 얻지 못한 것이지, 잃은 것이 아니고 기대하던 행복을 얻지 못한 것뿐이지, 불행에 빠진 것이 아니니까.

행복의 한쪽 문이 닫힐 때, 다른 한쪽 문은 열린다.
하지만 우리는 그 닫힌 문만 오래 바라보느라
우리에게 열린 다른 문은 못 보곤 한다.

- 헬렌 켈러 Helen Keller -

힘들어서 발버둥 쳤지만
힘들어서 내려놓은 날

살다 보면 어쩔 수 없이 해야 하는 것들이 많다. 회사에 출근하는 것, 어떤 상황이든 웃으면서 일을 하는 것, 좋은 대학에, 좋은 회사에 가기 위해 하는 공부해야 하는 것 등. 이러한 것들을 할 때면 부정적인 생각들이 한없이 떠오르기도 한다. 힘들다는 말부터 '그만하고 싶다.', '왜 이렇게까지 해야 하지.' 등등 말이다. 그럴 수밖에 없는 것이 그러한 것들은 대부분 하고 싶어서 하는 것이 아니라 살기 위해 어쩔 수 없이 해야 하는 것들이기 때문이다.

머릿속으로나마 벗어나고 싶은 생각을 하며 발버둥 쳐도 좀처럼 빠져나올 수가 없다. 괜스레 빠져나오지 못하는 자신을 자꾸만 바라보게 되고 언젠가 상상했던 자신의 모습과 대조되는, 허우적거리기에도 바쁜 모습이 너무나도 비참해지기도 한다. 자책하는 때도 허다하고.

어쩔 수 없이 하게 되는 것들은 일종의 늪이다. 발버둥 치면 발버둥 칠수록 점점 가라앉기만 하는 그런 불행의 늪. 힘든 상황을 애써 부정하면 부정할수록 벗어나지 못하는 내가 한심하기도 하고, 이런 상황까지 와버린 자신이 원망스러워지기만 한다. 결국 점점 더 힘들어지고 더 깊은 불행 속으로 빠진다. 애석하게도 그렇다고 해서 그것들을 하지 않을 수는 없는 노릇이다. '어쩔 수 없이 해야 하는 것, 살기 위해 해야 하는 것'이니까.

그래서일까 떠오르는 말이 하나 있다. "피할 수 없으면 즐겨라." 참 약 오르기도 하는 말이지만 부정할 순 없는 말이다. 피할 수 없는 것을 굳이 부정하며 더 불행함을 느끼는 것보다는 즐기는 편이 당연히 낫다. 그러나 하기 싫은 일을 즐기는 것이 쉬운 일은 아니다.

그러면 어떻게 해야 할까 싶지만, 어렵지 않다. 그저 인정하는 것. 발버둥 치면 칠수록 지치기만 하고 하기 싫은 것을 즐기며 할 만큼 낙관적인 것도 어려우니까. 살기 위해서는 열심히 살아야 하는 것이 맞으니 "어쩔 수 없지, 뭐."

하면서 사는 것.

누군가는 그래도 벗어나려고 발버둥 쳐야 원하는 삶을 살 수 있지 않겠느냐고 말하겠지만, 크게 행복하진 못해도 괜찮으니 스스로 비관하고 자책하며 불행에 빠져 사는 것보다는 이것이 더 낫지 않을까 한다.

그렇게 인정을 하고 살다 보면 가끔은 오히려 이왕 해야 하는 거 할 수 있는 데까지 해보자며 조금은 의욕이 생길지도 모르는 일이고, 발버둥 칠 힘을 아끼고 아껴두었다가 정말 벗어나야겠다 싶을 땐 있는 힘껏 벗어나면 되는 거니까.

만약 벗어나지 못할 것 같은 늪에 이미 빠졌다면 발버둥 치지 말고 가만히 있어 보는 것은 어떨까 합니다. 늪에 빠졌을 땐 발버둥 치면 더 깊이 빠져들어 헤어날 수 없게 되니까. 천천히 생각할 시간을 벌고 무엇을 해야 할지 알아낸 뒤에 벗어나는 것이 나을 때도 있음을, 무언가를 부정하는 것보다 인정하고 받아들이는 것이 때로는 편안함을 느낄 수도 있음을 잊지 않기를 바랍니다.

불행은 우리가 바꿀 수 없는 것에 집착할 때 생겨난다.

- 에픽테토스 Epictetos -

불안함으로부터
벗어나고 싶다면

한 번이라도 경험했던 일은 다시 한번 마주했을 때에는 어떻게 해야 어떤 결과를 가지고 올지 예측할 수 있지만, 경험하지 못했던 일들은 우리에게 긍정적인 결과를 줄지 부정적인 결과를 줄지 예측하기 어렵다. 그 탓에 무언가 겪어보지 못한 것이 앞에 놓였을 때 불안함이 찾아오고는 한다. 이것을 해도 되는지 이게 맞는 것인지 잘 가고 있는 것인지, 그런 불안함. 시험을 볼 때도 면접을 볼 때도 새로운 회사에 가거나 새로운 사람을 만나거나 새로운 곳을 갈 때 혹은 새로운 것을 구매할 때에도 마찬가지다.

이 불안함을 떨쳐내는 방법 중 가장 대표적인 것은 끝

에 도달하여 결과를 보는 것이다. 그저 하던 것을 끝까지 하면 그만이기에 어찌 보면 간단한 방법이겠지만, 알고도 실행하지 못할 정도로 꽤 어려운 방법이다. 끝을 모르는 상태로 두려운 마음을 계속 품고 가야 하기 때문이다. 그것들의 대부분이 막상 끝에 도착해보면 별거 아니었다는 것을 알 수 있음에도 말이다.

불안함을 어떻게 떨쳐내는가. 끊임없이 드는 두려운 마음은 어떻게 해야 하는가에 대한 답은 사실 없다고 하는 것이 맞을지도 모른다. 어떻게 해도 떨쳐낼 수 없는 마음들이니까. 하지만 이를 위해 무엇이 필요한 것인지 말해 줄 수 있겠다. '용기'. 두려움이 있음에도 부딪치며 나갈 수 있는 용기. 우리는 모두 지난 경험으로 끊임없이 떠오르던 걱정들이 막상 지나가고 나면 별거 아니었다는 것을 알고 있다.

우리가 걱정하는 모든 일은 사람들이 살아가는 세상에서 일어나는 것이고, 사람과 사이에서 사람으로부터 일어난다. 모든 걱정은 다 사람이 할 수 있는 범주 안에서 일어난다는 것이다. 시험도 사람이 내는 것이고, 사람이 보는 것이다. 면접도 사람이 평가하고, 사람이 본다. 회사도 사람과 사람이 일하는 곳이다. 새로운 사람, 새로운 곳도 모두 사람들이 사는 곳이다. 예술가의 길도, 사업의 길도 사람이 했던 것들이고, 사람이 하는 것이다. 외계인 같은 사람만 하는 것도, 특별한 사람들만 하는 것도 없다.

지금 하는 걱정도 누군가 걸었던 길이고 우리는 사람이기에 누군가 걸었던 길을 충분히 따라 걸을 수 있다는 이야기다. 물론 정말 처음으로 개척지를 걷는 사람도 있겠지만, 대개는 누군가, '사람'이 걸었던 길을 따라 걷는 것뿐이다. 못할까 봐 걱정할 필요가 크게 없다는 말이다. 다 사람이 하는 것이니까.

또 〈피그말리온〉이라는 유명한 희곡을 쓴 조지 버나드 쇼George Bernard Shaw가 한 말 중에 이런 말도 있다. "삶은 자기 자신을 찾는 여정이 아니다. 자기 자신을 만드는 과정이다." 우리의 인생은 정답만을 고르며 나아가는 것이 아니라, 때로는 정답을 맞히고 때로는 오답을 맞기도 하면서 그렇게 오답 노트를 작성하기도 하는 것. 이 전부가 우리의 인생이 나아가는 옳은 방향이라는 말이다.

그저 결과가 좋든 안 좋든 그것들과 부딪쳐보기도 하며 인생을 채워가는 것. 실패, 시간 낭비, 이런 단어 자체가 어쩌면 옳지 않은 것일지도 모른다. 실패도 성공도 언젠가 낭비라 여겼던 경험도 지금 살아가고 있는 인생의 밑거름이 되었고 모두 우리라는 사람을 만드는 것에 쓸모 있게 쓰였으니까.

부딪쳐보겠다는 용기는 어찌해도 쉽게 생기진 않을 겁니다. 누구나 그렇습니다. 물론 용기를 내볼까 하는 용기 정도라도 생겼다면 기쁠 일입니다. 다만 전해주고 싶은 이야기는 용기를 내라 다그치는 것이 아니라 불안함에, 두려움에 떠느라 망설이는 지금마저도 잘 살아가고 있으며 잘하고 있는 것입니다. 어찌 되어도 더욱 성장한다는 것에는 변함없으니까.

시도해보지도 않고는
누구도 자신이 얼마만큼 해낼 수 있는지 알지 못 한다

- 푸블릴리우스 시루스 Publilius Syrus-

꿈은 잃어도,
웃음은 잃고 싶지 않은 날에

이력서를 쓰며, 원고를 작성한지 거의 2년이 되어갔을 무렵. 어딘가에 속하지 못한 채로 뚜렷한 방향성이 잡히지 않으니 생각이 많아졌다. 2년 중 첫 반년 동안은 그래도 무엇이든 될 것 같은 마음에 의욕이 불탔고 방향이 확고했음에도 기간이 길어지면 길어질수록 마치 망망대해를 표류 중인 배처럼 떠다니는 기분이 들었다. 어딘가에 있을 목적지는 보이지도 않게 되었고 어디로 향해야 하는지도 모르겠는 기분.

되돌아가는 길도 몰라 어찌할 바를 모르고 단지 할 수 있는 거라곤 가만히 흘러가는 대로 떠다니는 것뿐이었다.

바다로 뛰어드는 것은 두려웠으니까. 시간이 흘러간다는 것은 느껴지지만, 내가 제대로 가고 있는 것인지는 느껴지지 않으니 조급함에 휩싸이고 불안해지고 신경은 날카롭게 날이 섰다. 그때부터였을 것이다. 내 마음의 여유가 없어진 것은. 스스로 자유를 포기하고 혼자만의 세상에 갇혀버린 것은. 주변 사람들의 위로나 응원도 들리지 않았고 웃음조차 잃어버렸다. 긍정적인 생각은 할 수가 없었다.

그러한 감정이 정점에 도달했을 때쯤, 기나긴 시간에 지쳐 그 감정들을 감당하기 힘들어서 목적지로의 항해를 포기하기로 했다. 그저 흘러가는 대로, 방향을 정하지도 목적지를 정하지도 않고 아무것도 바라지 않았다. 가만히 떠다니는 배 위에 누워 하늘만 바라보며 흘러간다는 느낌이랄까.

참 웃기게도 썩 나쁘지 않은 기분이었다. 어딘가로 향해 가야 할 때는 아등바등했던 나인데, 어디로 흘러가는지도 모르는 채 그냥 흘러가는 대로 지내다 보니 마음이 한결 가벼워졌다. 목적지를 잃었음에도 나아갈 수 있는 의지가 생겼고 여유가 생겼다. 사람들이 그토록 말하던 것을 이해할 수 있었다. 목표가 없으면 자신이 정한 테두리가 없으면 자유로워질 수 있다는 그 말을, 그제야 알 것 같았다. 대책 없이 사는 것처럼 보였던 사람들이 왜 그렇게 살아갔던 것인지.

그들도 지쳤었던 것이 아닐까. 자신들이 원하는 곳까지 가는 것이 버겁게 느껴졌던 때가 있었을 테니 말이다. 그 래서 뚜렷한 목적지를 향해 망망대해를 항해하는 것보다 어디로 갈지는 모르지만, 어디로든 가도 괜찮다며, 어디로 든 떠내려가는 배 위에서 즐겁게 버텨내는 것이 낫겠다 싶 었던 것이 아닐까.

누군가는 미래를 설계해야 한다고, 늘 대비해야 한다고 목표와 방향성이 있어야 인생을 살아갈 수 있다고 말하겠 지만, 누군가에게는 그것이 인생을 살아가는 것에 있어 더 욱 힘들게 만드는 원인이 되기도 하는 거였다.

살아가는 방식은 각자 다를 뿐, 틀린 것은 없다. 여유를 잃고 시간에 쫓기고 웃음을 잃어가며 하루를 버티는 것이 미래를 생각하지 않고 불안하게 사는 것보다 더 무섭고 더 버겁다면, 안심하고 잠시 목표를 놓아주면 되는 것이다. 그저 흘러가는 대로 주어진 대로 살아가면 되는 것이다.

보란 듯이 잘 살아내고 싶었고 보란 듯이 소중한 이들에게 자랑스러운 이가 되고 싶었지만, 나는 그렇게 대단한 사람이 아니었습니다. 그것을 인정하고 나니 숨통이 조금은 트였습니다.

예전엔 누가 꿈이 무어냐고 물어보면 어떻게든 거창하게 말을 하거나 어떻게든 평범하게 말을 하곤 했지만, 이제는 그렇지 않습니다. 그것들조차 버거운 것들이니까. 만약 지금 누군가 묻는다면 그냥 이렇게 답을 하겠습니다.

"꿈이요? 글쎄요. 그냥 오늘 쓴 글이 잘 써졌다 싶으면 기분이 좋아져서 '뭐라도 되겠지.' 해요. 정말 뭔가 될 거 같기도 하고 그 정도면 꿈을 정하지 않아도 나아갈 수 있으니까요."

인생을 살아가는 데는 오직 두 가지 방법밖에 없다.
하나는 아무것도 기적이 아닌 것처럼 사는 것이고
다른 하나는 모든 것이 기적인 것처럼 사는 것이다.

- 알버트 아인슈타인 Albert Einstein-

아는 것이 점점 늘수록
어깨는 점점 무거워지겠지만

나이가 들수록 시야는 점점 넓어진다. 스스로가 책임을 져야 하는 것이, 어느 정도는 감당해내야 할 것들이 보이기 시작한다는 이야기다.

길거리에서 만났던 한 어린아이가 자신의 엄마로 보이는 여인에게 떼를 쓰고 있었다. 아이는 조금만 더 놀다 가자며 말하고 있었고 아이의 어머니는 단호하게 거절하고 있었다. 잠시 후, 아이는 최후의 수단이었을지 모르는 눈물을 흘렸다. 마지못해서인지 아니면 사실 지금 집에 들어가도 되지 않았어도 괜찮았던 것인지 모르겠지만, 그의 어머니는 결국 "딱 10분 만이야."라고 말했고 아이는 그제야 눈물을 그치고 미소를 되찾았다. 누군가는 왜 저렇게 떼를 쓰나, 왜 저렇게 엄마를 힘들게 하냐 비난을 할지도 모를 이야기지만, '어린아이'라는 타이틀만으로 그는 용서받기 충분했다. "어리니까 그럴 수 있지."라며.

"어리니까."라는 것은 아는 것이 풍부하지 못하다는 뜻으로 해석된다. 어린아이가 자신의 엄마가 힘들어하는 것을 눈치 채지 못 할지라도, 어쩌면 피치 못할 사정으로 집에 들어가야 한다는 사실을 알지 못 할지라도, 우리는 그것을 당연하다 여기고 비난하지 않는다.

그러나 언제까지고 마음 편히 다녀도 괜찮은 어린아이로 남아있을 수는 없는 노릇이다. 점점 나이가 들어가고 시간은 흘러간다. 그만큼 보는 것이 많아지고 아는 것 또한 많아진다. 누군가는 사실 모르는 척하면 괜찮을지도 모르는 것마저도 애써 외면하지 못한 채 짊어지며 살아가야 한다는 것이다.

책임감이라는 것이 생겼기 때문이다. 자신의 말과 행동에 대한 책임, 혹은 사랑하는 이들을 힘들게 하지 않아야 할 책임. 그렇게 우리는 어머니가 "집에 가야 한다."는 말을 한 이유를 생각하고 이에 대해 떼를 쓰지 않게 되는 어른이 되어가는 것이다. 실컷 자유를 만끽하며 놀고 있는 와중에도 나를 지켜 봐주고 계신 어머니를 신경 쓰며 힘들어 할지 모를 어머니를 위해 자진해서 집에 가자는 말을 하기도 하는 그런 어른이.

우리는 어른이 되어가며 그들이 짊어지고 있던 짐들을 조금씩 옮겨 받는다. 그들이 짊어진 것이 많다는 것을 알게 되었기 때문이기도 할 것이고 조금은 덜어주고 싶어서이기도 할 것이다. 하지만 그런 마음에도 삶이 너무 버거운 나머지 종종 "어리니까."라는 핑계 뒤에 숨어버리고 싶은 생각에 사로잡히기도 할 것이다. 모든 것을 내려놓고 마음 편히 그 핑계 뒤에 숨어, 갖고 싶은 것이 있다면 갖고 싶다고 말을 하고, 하고 싶은 것이 있다면 하고 싶다고 말을 하던 어린 시절을 추억하며 말이다. 그러다 왜 내가 이러한 것들을 다 짊어져야 하는지, 왜 이러한 것들을 나에게 짐 지우는 것인지 원망스러워지기도 할 것이다.

당연한 마음이다. 우리가 못나서 드는 마음이 아니다. 단지 너무 버거웠던 탓에 당연히 드는 마음이다. 우리가 약해서 그런 것이 아니라 세상이 너무 각박하고 힘든 탓이다.

그런 세상 속에서도 그들의 짐을 나눠 들어주고자 애썼던 마음이고 사랑하는 이들이 내게 짐을 짊어지게 하고 싶지 않은 마음에 숨겨놓은 것들마저도 기어이 꺼내와 나눠 들었던 마음이다. 스스로 탓하지 말자. 그들에게 힘이 되어주려, 그들의 어깨를 조금이나마 가볍게 만들어주고 싶은 마음을 간직하고 있는 것만큼은 누구보다도 존중받아야 마땅하다.

우리는 모두 아무 말 없이도 묵묵히 하루를 버텨가는 어른이 되어갑니다. 내가 덜어준 짐으로 사랑하는 이들이 한층 편안해진 모습을 보고, 때로는 내 짐을 나눠 들어주는 모습에 고마움을 느끼며 말을 하지 않아도 서로를 위한 마음만으로도 살아가는 그런 어른 말입니다.

때로는 어깨가 너무 무거워져 각박해진 자신을 탓하겠지만, 자신을 탓할 바에 세상을 탓하고 세상을 탓할 바에 어제보다는 나은 사람이 되면 될 뿐입니다. 앞으로 새로운 것들을 얻기보다는 지켜내야 하는 것이 늘어만 갈 것이며 그때마다 누군가를 원망하고 자책한다면 사랑하는 이들을 위한 따뜻한 마음은 남아나질 않을 것이니까.

가정이야말로 고달픈 인생의 안식처요,
모든 싸움이 자취를 감추고 사랑이 싹트는 곳이요,
큰 사람이 작아지고 작은 사람이 커지는 곳이다.

- 허버트 조지 웰스 Herbert George Wells-

행복에 익숙해지지 않으면
언제나 불안하기 마련입니다

평소와 별다를 것 없이 즐거운 시간을 보내고 집에 돌아가는 길에 문득 이런 생각이 들었다. '이렇게 행복해도 되는 건가.'라는 그런 생각. 아주 불현듯, 갑작스럽게 떠오른 생각이었다. 아마 이때부터였을 것이다. 즐거운 시간이 즐겁게 느껴지지 않은 것이. 행복한 시간을 마냥 행복하게 느낄 수 없었던 것이. 머릿속에서는 자꾸만 '네가 이렇게 즐겁게 지낼 때야?', '이렇게 행복할 자격이 있는 거야?'라는 말들이 맴돌았으며, 스스로 엄격하게 행복하려면 달성해야 할 조건들을 만들어갔다. '이거는 하고 즐겨야지.', '저거는 했어?' 등등.

행복한 것에 익숙지 않았던 터다. 늘 힘들고 하루하루를 겨우 버텨내며 내일이 오지 않기를 바라기도 하고 내일이 오면 또 어떻게 버티고 앞으로 도대체 어떻게 살아야 하나 끊임없는 고민을 하고. 그러한 것들에 너무나도 익숙해진 나머지 행복에 대해 거부반응이 일어난 것이다. 다시 불행함 속에 내가 내던져졌을 때 이러한 거부반응이 사라진 것을 보면 확실하다. 마치 "그래, 넌 그렇게 고생하는 것이 어울려."라고 누군가 나에게 말하는 것처럼 그 불행이 아주 나에게 딱 맞았고 어색함도 불편함도 없었다.

익숙해진다는 것은 그렇다. 아무리 나쁘고 부정적인 감정이라도 익숙해지면 오히려 마음이 편해지기도 하고 정말 좋은 감정도 익숙하지 않으면 불편함이 자리 잡는다. 그래서 우리는 모든 감정에 익숙해질 필요가 있다. 슬픔에도, 기쁨에도, 우울함과 즐거움, 좌절감과 성취감에도 익숙해져야 한다.

슬플 땐 하염없이 울어보기도 하고 기쁠 땐 큰소리로 소리 지르며 웃어보기도 하고 우울할 땐 한없이 가라앉아 보기도 하고 즐거울 땐 신나게 춤을 춰보기도 하면서. 그 감정들을 온전히 느끼는 것을 반복하고 기억하다 보면 우리는 그 감정이 찾아왔을 때 더 이상 불안해하지 않을 것이다. 어떠한 감정이 찾아왔을 때 여유 있게 그 감정에 맞는 행동을 취할 뿐이다.

 마치 단골가게에 익숙해진 손님처럼 감정에도 익숙해
지자. 어떤 것을 주문해야 성공할지 자리가 있을지 없을지
고민하는 손님이 아닌, 가게의 시그니처 메뉴를 가자마자
주문하고 적당히 한산할 만한 시간에 찾아가 가게의 매력
을 100% 누리고 오는 그런 단골손님처럼 내 감정을 익숙
하게 상대할 수 있도록.

익숙함이라는 것은 편안함을 가져다주고 그 편안함은 정답을 찾아낼 여유를, 그 여유는 침착함을 가져다줍니다. 불행에 익숙해진다면 불행에 빠졌을 때 침착하게 그 불행을 흘려보내거나, 적어도 무너지진 않을 것이고 행복에 익숙해진다면 그간 지친 마음을 그 행복으로 달래주고, 그것을 세상을 살아가는 원동력으로 삼을 수도 있을 겁니다.

그러니 행복도, 불행도, 기쁨도, 슬픔도 피하지 말고 마주했으면 좋겠습니다. 그러다 익숙해지면 불안에 떠느라 행복을 온전히 누리지도 못하고 떠나보내는 일도, 불행에 빠져 어쩔 줄 모르며 허덕이는 일도 조금은 줄어들 테니까.

행복할 때는 행복에 매달리지 말라
불행할 때는 이를 피하려 하지 말고 그냥 받아들이라.
그리고 자신의 삶을 순간순간 지켜보라.
맑은 정신으로 지켜보라.

- 법정 스님 -

벌써부터 어른이 될 필요는
없습니다

주변에 많은 것들을 짊어지며 살아가는 친구들이 많다. 그들을 가만히 지켜보고 있으면 버겁지는 않은가 하는 의문이 절로 떠오른다. 학창시절부터 정말 공부가 좋은 건지 공부에 뜻이 있는 건지 모르겠지만, 공부를 열심히 하던 친구. 대학생이 되어서도 아르바이트를 하며 학교에 다니고 성적까지 놓치지 않은 친구. 어찌나 열심히 살았는지 졸업을 하지도 않았는데 취업을 해버린 친구. 졸업하자마자 취업하는 친구까지. 다들 사회의 구성원들이 되어 가끔은 힘들다며 장난 섞인 말투로 투덜대지만, 나름 꿋꿋이 살아가고 있다.

꽤 많은 사람이 열심히 살아간다. 누군가는 자신을 위한 것이니 그렇게 열심히 살아가는 것이 당연하다 싶겠지만, 누군가는 자신을 위한 것이 아닌, 누구에게도 짐이 되고 싶지 않은 마음. 그 마음 하나로, 그 마음 하나 때문에 열심히 산다. 짐이 되는 것이 싫고 민폐가 되고 싶지 않다는 마음. 특히 충분히 힘든 내 사람들에게 자신이 짐이 된다는 기분이란 말로 표현할 수 없을 정도로 죄책감이 들고, 너무나도 미안하기도 하다. 그래서 열심히 사는 것이다. 그러다 참 생각이 깊은 친구라는 이야기도 듣기도 하고, 그래도 꽤 일찍 철이 들었다는 이야기도 듣기도 하며 아주 열심히 말이다.

그런데 열심히 살아온 인생에는 종종 후회스러움과 버거움이 찾아온다. 그때가 아니면 하지 못하는 것들을 마주했을 때, 정말로 최선을 다해서 열심히 했는데도 잘되지 않을 때. 예를 들어 열심히 사느라 친구들과의 모임에 끼어들지 못했을 때나 정말 열심히 살았는데 원하는 대학이나, 회사에 들어가지 못하는 현실의 벽에 부딪혔을 때.

시간이 지나서는 친구들이 모여 지난 이야기를 하다 내가 끼어들지 못했던 그들만의 추억 이야기가 나오면 조금 쏩쓸한 기분이 들기도 하고, 친구들이 여행 계획을 짜는 것을 보면 부러움과 슬픔이 느껴지기도 한다. 짐이 되지 않기 위해 열심히 달려왔을 뿐인데, 그런 감정들이 느껴질 때 찾아오는 원망과 답답함이란 말로 형용할 수 없다. 타인에 대한 원망도, 세상에 대한 원망도 아닌, 자신에 대한 원망 그리고 답답함.

언젠가 나 자신에게 되물었던 적이 있다. 조금은 내려놓고 친구들과 추억을 쌓았어도, 혹은 너무나도 버거운 책임감 앞에 조금은 무너져도, 쉬어가도 괜찮지 않았을까. 하고. 그랬다면 이렇게 씁쓸한 기분에서도, 짓이겨져 버릴 것 같은 버거움에서도 조금은 홀가분해질 수 있지 않았을까. 하는 마음에.

모든 것을 완벽하게 해내기에는 우리는 아직 여린 사람일지도 모릅니다. 혹시 지금 짊어지고 있는 것들이 버겁게 느껴진다면, 한 번쯤 돌아보셨으면 합니다. 지금 그것들을 짊어지고 나아갈 힘이 있는지. 만약 짊어지기 버겁다면, 사랑하는 사람들에게 미안한 일일지라도 잠시 내려두는 것은 어떨까요. 억지로 짊어지다 다치는 것보다는 나을 것이고 모든 것을 짊어지는 것이 능사는 아니니까.

그렇게 성급하게 어른이 되려고 하기보다는 천천히, 후회하지 않는 건강한 어른이 되는 법을 익히셨으면 좋겠습니다.

독이 되는 거짓말

우리는 살아가면서 수많은 거짓말을 한다. 악의가 담긴 거짓말이든 선의가 담긴 거짓말이든. 보통 거짓말이라고 하면 타인을 속여 이익을 취하는 거짓말을 떠올리지만, 우리가 가장 능숙하게 자주 사용하는 거짓말은 자신을 속이는 거짓말이다. 기분이 좋은 척, 슬프지 않은 척, 아프지 않은 척, 괜찮은 척. 타인에게 우리의 상태를 숨기기 위한 거짓말. 습관이 된 나머지 누군가 걱정하는 말에도 반사적으로 "괜찮아."라는 말을 뱉고 미소를 짓는다.

평소에는 상대를 위해, 혹은 나를 위해 했던 애써 올라오는 감정들을 억누르며 지었던 이 미소가 독이 된다는 걸 아무도 알지 못한다. 정말 무의식적으로 괜찮다는 말을 뱉어버리는, 정말 힘들 때마저도 미소를 짓고 있는 자신을 마주했을 때. 사실 힘들다고 말하고 싶었음에도 그 말이 절대 나오지 않을 때 우리는 비로소 눈치 챈다. 무언가 잘못됐음을.

힘들면서도 자꾸만 괜찮다 괜찮다 웃음을 지어 보이니, 우리의 몸뚱어리마저도 속아버린 탓에 감정을 표현하는 회로가 고장 난 것이다. 이것이 더욱 심해지면 정말 괜찮은지, 괜찮지 않은 것인지 판단하는 것마저도 어려워진다. 힘들어야 하는데 괜찮은 것 같고, 괜찮은 것 같으면서도 힘든 것 같은 그런 혼란스러움. 타인이 걱정하지는 않을까 하는 마음에 하는 거짓말도, 남들도 힘드니까 괜스레 신경 쓰게 하고 싶지 않은 마음에 하는 거짓말도, 어쨌거나 잘 버텨 내보겠다는 마음에 했던 것일 테니 괜찮다.

하지만 이러한 감정을 표현하지 못하는 오류를 겪지 않기 위해서 적어도 정말 표현하고 싶을 때만큼은 표현할 수 있도록 솔직해질 필요가 있다. 자신의 상태를 제대로 알지 못하거나 이렇게 표출해내지 못하고 쌓아만 둔다면 무너지는 건 한순간이니까.

조금 썩어버린 사과는 썩은 부위를 도려내면 되는 일이지만, 도려내지 않고 방치하면 결국 그 사과는 버려야 하는 사과가 되어버립니다. 우리의 마음도 똑같습니다. 썩은 부위는 그때그때 치유해야 깊어지지 않습니다. 그러니 연습을 해서라도 조금씩 자신의 상태를 솔직하게 표현하셨으면 좋겠습니다. 안타깝게도 감정을 숨기는 것이 익숙해진 세상이라 쉽지 않겠지만, 그래도 그것이 마음을 건강하게 유지하는 방법이니까.

다른 사람에게 거짓말을 많이 하다 보면
자신에게도 거짓말을 하게 된다.

- 라 로슈푸코 La Rochefoucauld-

자신을 잃는 것은
슬픈 일입니다

사람은 살아가면서 많은 일을 겪는다. 직장 상사에게 핍박받기도 하고 사랑하는 이들에게 사랑을 받으며 행복한 나날을 보내기도 하고. 또, 스쳐 지나갈 인연으로부터 상처를 받아 온종일 공허한 날을 보내기도. 누군가와는 만남을, 누군가와는 이별을 겪기도 한다.

하나의 일을 겪을 때마다 우리는 알게 모르게 조금씩 변한다. 겪었던 일로부터 무언가를 깨달았거나 무언가를 결심하기 때문이다. 간단하게 예를 들자면 '앞으로는 이렇게 하지 말아야지.'와 같은 결심. 이러한 자의적인 변화는 타의적인 변화와 비교하면 어느 정도는 긍정적인 변화라고 할 수 있다. 자신이 선택한 것이니까.

타의적인 변화는 말 그대로 자신이 선택한 것이 아니라 외부 환경에 의해 이루어진다. 원치 않는 변화인 것이다. 예를 들면 '이렇게 하지마. 저렇게 하지마, 이럴 땐 이렇게 해야지.' 등의 조언 아닌 조언으로 인한 변화다. 내가 원하는 모습은 아니지만, 타인이 원하니까. 그래야만 별문제 없이 살아갈 수 있으니까. 해야만 했던 변화.

이 탓에 자신이 무얼 좋아하는지, 무얼 싫어하는지조차 모르는 사람들이 많아졌다. 눈에 튀는 사람을 싫어하고 모난 곳이 있는 사람을 싫어하는 세상인 탓에 점점 자신만의 색을 잃어버리고 점점 회색빛의 사람들로만 채워지고 있는 것이다. 자신이 무얼 좋아하는 사람이고 어떤 사람이었는지를 잊어버린다는 것은 세상을 살아가며 한 줄기의 빛도 없이 세상의 흐름에 따라 시키는 대로, 흘러가는 대로 살아간다는 이야기다. 참 아이러니하지 않은가. 능동적인 삶을 살아갈 것을 권하면서도 결국 모나지 않은 삶을 살게 만드는 현실이.

자신의 색을 마음껏 뽐내라고 강요하고 싶은 것이 아니다. 현실을 완전히 부정할 수는 없고 살아가는 것에 있어 많은 것에 순응하며 살아가는 것이 잘못된 것은 아니니까. 다만, 자신 본연의 색이 무엇이었는지 정도는 잊지 않아야 한다는 말이 하고 싶을 뿐이다. '나는 무얼 좋아하고 무얼 싫어하고 어떤 사람이다.'라는 근본을 잃지 않아야, 그것을 한 줄기의 등댓불 삼아 살아갈 수 있을 것이니까.

이리 치이고 저리 치이다 보면 감정은 닳고 닳아 버릴 것이고 의욕마저도 사라질 겁니다. 때로는 악에 받쳐 자신을 놓아버리고 싶을 때도 찾아오겠죠. 그렇게 조금씩 본연의 색을 점점 잃어갈 겁니다.

아마 색을 완전히 잃어버렸을 때쯤에는 그래도 힘을 내보겠다고 좋아하는 걸 취미 삼아 해보려고 해도 좋아하는 것이 무엇인지 모를 겁니다. 힘을 낼 방법이 없어진 것이죠. 공허함에 빠져버리기도 쉽습니다.

무슨 일이 있어도 우리를 놓지 말아야 하는 이유입니다. 우리가 어떤 사람이었는지 정도는 잊지 않아야 이 험난한 세상을 어떻게 버텨나가야 할지 방법이라도 찾을 수 있을 테니까요.

행복을 보는 시선

얼마 전 〈꾸뻬 씨의 행복 여행〉이라는 영화를 보았다. 주인공 '헥터'는 행복이라는 것을 느끼지 못하며, 그런 것을 느껴야 한다는 필요도 모른 채 살아온 사람이다. 영화는 그러한 헥터가 행복에 대해 알기 위해 무작정 여행을 떠나는 것으로 시작된다.

헥터는 여행에서 만나는 사람들에게 '행복'에 관해 물었다. 돈을 쓰는 것이 행복이라는 사람, 사랑하는 것이 행복이라는 사람, 어느 것에 얽매이지 않고 자유를 누리는 것이 행복이라는 사람 등 다양한 사람들이 있었다. 영화는 그렇게 행복은 다양한 형태로 각기 다르게 누릴 수 있다는 것을 알려준다.

"우리는 행복해질 의무가 있다."

영화가 전하고자 하는 가장 중요한 메시지이다. 개인적
으로는 이 메시지가 "당신, 바쁘다는 핑계로 행복은 사치
라고 여기지 마세요. 행복은 의무고, 필수라고 생각하세
요. 행복은 누리려고 노력해야 누릴 수 있어요."라고 말하
는 것 같았다. 누군가는 이 메시지를 보고 말할지도 모른
다. "이런 치열한 사회에서 그건 사치입니다. 뜬구름 잡는
이야기예요."라고. 사실 틀린 말도 아니다. 누릴 것을 포기
하고 달려야 원하는 것을 잡을 수 있는 만큼 치열한 세상
이 맞으니까.

나 또한 단순히 그것들을 포기하고 즐기면서 살라는 말
을 전하고 싶은 것은 아니다. 이 말이 얼마나 지독한 거짓
말인지 알고 있다. 다만, '그렇다고 아무것도 누리지 않으
며 살아가는 것은 너무 힘들지 않은가?' 하는 물음을 던지
고 싶을 뿐이다. 무엇을 위해 사는지조차 잊을 때가 종종
찾아오기도 하지 않는가.

열심히 사는 것, 참 좋다. 하지만 누릴 수 있을 만한 행
복마저도 놓치며 사는 것이 좋은 삶이라 할 수 있을까. 물
론 행복이 사치라면 사치고 뜬구름 잡는 이야기라면 그것

또한 맞다. 그러나 소소한 행복조차 없는 삶은 끔찍할 뿐이다. 누군가는 사치라 할지 모르는 행복도 누군가는 소소하게나마 누리고 싶은 마음이 간절한 것이고 '사치 좀 부리면 어때.'라며 즐기는 삶을 택할 수도 있는 것이다.

거창한 것이 필요한 것도 아니고 해야 할 것을 포기하는 것 또한 아니다. 사랑하는 사람들과의 식사 시간, 퇴근 후 그들과 오늘 하루 있었던 일들을 한탄하는 시간. 혹은 집에서 조용히 맛있는 저녁을 혼자 먹으며 영화를 보거나 책을 읽는 것.

그저 치열했던 현실 속에서 벗어나 그래도 살아있음을 느낄 수 있다면, 내일을 버텨갈 힘을 얻을 수 있다면 충분할 따름이다.

틸틸과 미틸의 행복을 가져다주는 파랑새 이야기가 있습니다. 파랑새를 찾기 위해 틸틸과 미틸은 여행을 떠나지만, 결국 집에서 키우던 새가 그들이 찾아 헤매던 파랑새였다는 이야기죠.

행복은 다양한 형태로 우리의 곁에 늘 존재하고 있을 뿐 멀리 있는 것도 거창한 것도 아니라 포기하지 않고 누리려고만 하면 누릴 수 있습니다.

오늘도 내일도 그다음 날도 포기하지만 않으면 되는 겁니다. 불행을 벗어나는 것을, 우울에서 빠져나오는 것을, 그리고 반드시 행복해지겠다는 것을.

그렇게 힘들고 지쳐버린 하루의 끝에서 웃음을 보이는 날, 말할 수 있을 겁니다. 오늘 행복했다고.

행복을 잃을 수 있는 한

그래도 우리는 행복을 가지고 있다.

- 뉴턴 타킹턴 Newton Tarkington -

마음의 방 정리하기

외출을 마치고 집에 돌아왔는데 방이 꽤 지저분하게 느껴졌다. 옷은 여기저기 널브러져 있었고 책도 책상과 바닥에 여기저기 놓여있었으며 침대 위에 이불도 아침에 일어났을 때의 그 모습 그대로였다.

사실 진작부터 이렇게 지저분해져 있던 방이었는데, 그날따라 유독 지저분함이 거슬려서 정리하기 시작했다. 여기저기 놓여있던 책은 하나씩 차곡차곡 책꽂이에 넣었고 널브러져 있던 옷들은 옷걸이에 걸어두기도 하고 세탁기에 넣기도 했다. 이불도 잘 펼쳐서 침대에 가지런히 올려두었다. 그러고 나니 한결 방이 깔끔해 보였다.

약 15년이라는 시간이 담겨있던 방이었다. 맨 처음에는 아무것도 없이 텅 비어있던 방이었지만, 나름 살아가며 필요하다 느꼈던 것들을 하나씩 들여놓다 보니 지금은 많은 것들로 채워져 있는 방이 되었다. 침대, 책상, 컴퓨터, 책꽂이, 옷장, 옷 등등.

처음 물건이 많이 채워져 있지 않았을 때는 조금만 어지럽혀져 있어도 눈에 띄어 금방 정리하고는 했다. 많은 것들이 채워지고 나서는 어지럽혀진 것이 잘 눈에 띄지 않을 뿐더러 지저분하다 싶어도 어느 것을 먼저 정리해야 할지 감도 잡히지 않았던 탓에 정리할 엄두가 나지 않았다. 한 번 들여온 것들을 쉽게 버리지 못하고 자꾸만 쌓아두기만 하는 미련이 한몫했다.

정리하고 나서 지금까지 새로운 것들을 아예 들이지 않거나, 눈앞에 보이긴 하는 것들을 바로바로 치우고 있다. 또 치워야 할 것들이 너무 쌓여버리면 감당이 되지 않을 것을 이제는 잘 알고 있으니까.

사람 마음도 마찬가지다. 방에 물건들이 치울 수 없을 만큼 쌓여있는 것처럼 마음속에도 많은 것들이 쌓여있다. 미련 때문에 내 방을 말끔히 치워버리지 못하는 것처럼 쉽게 놓지 못하는 미련 때문에 놓지 못한 마음이 있고 너무나 복잡해서 어느 것부터 털어내야 할지 몰라 정리하지 못한 마음이 있다. 그대로 방치하면 먼지만 쌓일 마음들이다. 문득 방이 지저분하게 느껴졌을 때나마 정리를 시작하는 것처럼 문득 마음이 복잡하다 느껴진다면 정리를 시작해야 한다. 말끔히 청소하는 것은 어려울 것이다. 그렇지만 조금은 단정하게 정리할 수는 있을 것이다.

만약 어찌해야 할지 모르겠다면 새로 쌓이는 마음들이라도 미리미리 정리해주고, 미련이 남아서 버리지 못할 것들은 들이지 않거나 기억해두었다가 틈틈이 정리하면 된다. 이 정도만 해도 충분하다. 마음에 먼지가 쌓이고 그것들이 썩어버려 나를 더 아프게 하는 것을 막으려면 말이다.

미리미리 청소하지 않고 쌓아두기만 하면 감당할 수 없는 방이 되어버리는 것처럼 우리 마음도 똑같습니다. 마음을 너무 외면한 채 살아가다 보면 언젠간 그 쌓인 마음들은 감당할 수 없이 커져 버려 결국 터져버리기도 할 것이고 우리를 괴롭히기도 할 겁니다.

그러니 지금까지 쌓인 것을 전부 정리할 수 없겠지만, 지금부터라도 조금씩 정리하는 연습을 하는 것이 어떨까 합니다. 그러다 정말 불필요한 것이 눈에 띄면 과감하게 버리기도 하고 말이죠.

아무거나 선택해도
우리는 나아가게 되어있습니다

우리는 늘 살다 보면 선택의 기로에 놓인다. 아주 사소한 것부터 중요한 것까지도 전부 선택의 연속이다. 오늘 먹을 저녁 메뉴를 고르는 것도, 오늘 입을 옷을 고르는 것도, 혹은 꿈과 같은 자신만의 목표를 정하는 것도 선택이 필요하다. 이렇게 선택의 기로에 놓이는 이유는 그 선택지들의 무게가 비슷하기 때문이 아닐까 한다. 49와 51 정도의 차이랄까. 아마 10과 90, 20과 80, 이런 차이라면 고민이라고 할 것도 없이 이미 선택했을 것이니까.

나는 아주 수동적인 삶을 살아서인지 선택을 잘하지 못한다. 이른바 '선택 장애'라고 할 수 있겠다. 사소한 것을 고를 때에도 주변 사람들에게 선택을 맡기기 일쑤였고 중요한 것은 고민, 또 고민하기도 하지만 결국 주변 사람들에게 최대한 많이 물어보며 다수의 의견을 택한다. 마치 다수결 투표를 하듯 말이다.

이렇게 어느 것도 선택을 잘하지 못했던 내가 이를 조금이나마 고친 것은 아주 간단하고 어쩌면 막무가내인 것처럼 보이는 방법이었다.

'그냥 아무거나 고르는 것.'

조금이라도 더 끌리는 것을 고르는 것이 아니다. 정말 아무거나. 선택에 고민을 얹지 않고 그냥 선택해 버린다고 해서 크게 달라지는 것도 잘못되는 것도 없었다. 앞서 말했듯이 고민을 하는 순간의 대부분 49와 51 정도. 단 2 정도의 작은 차이라서 고민이 되는 것이었기 때문이니까.

조금 낮은 49를 선택했을지라도 51과는 단 2의 차이만 있을 뿐이다. 그것은 느껴지지도 않을 수 있고 설령 그 차이가 느껴진다고 할지라도 고작 손해 보는 건 2일뿐이라는 이야기다. 내 선택에 좋지 않은 결과가 있더라도 다른 선택은 2만큼만 더 좋았을 뿐이라는 것이고. 그래서 나는 나의 머리가 아프게 하는 선택지가 생길 때마다 아무거나 얼른 선택하는 이 방법을 자주 쓰는 편이다. 어차피 거기서 거기인 거라면, 머리를 덜 아프게 만드는 것이 더 좋으니까.

물론 누군가는 너무 무책임한 방법이라고 이야기할지도 모른다. 신중하게 선택해야 하는 선택지가 있기도 할 테니까. 단지 우리는 어떤 선택을 해도 잘 살아갈 수 있을 테니 머리가 아플 정도로 선택을 하지 못하고 있을 때만큼은 아무 선택을 해도 괜찮다고 이야기해 주고 싶을 뿐이다.

우리가 살아오면서 51이라는 더 나은 선택지만 선택하지는 않았을 것이고 당연히 손해를 보는 선택이나 잘못된 선택도 했을 것이다. 그럼에도 아직까지 무사히 살아가고 있다는 것은 결국 어떤 선택을 해도 우리는 그 선택에 대한 결과에 '맞춰서'라도 살아간다는 것이다.

그러니 선택해야 하는 것 때문에 오래 힘든 시간을 보내고 있다면 아무 길이나 선택해서 나아보는 것은 어떨까 한다. 그렇다고 인생이 갑자기 막다른 길에 놓이는 것이 아니니까. 늘 맞는 선택만 하지 않았을 텐데도 어떻게든 나아가고 있는 우리의 모습을 보면 알 수 있듯이 말이다.

어떠한 선택지에 대해 망설이는 것은 머리로는 알고 있지만 마음이 내키지 않았거나, 마음은 이미 기울었는데 머리가 말리고 있기 때문입니다. 머리와 마음의 결정이 일치했을 때에는 쉽게 결정을 내리거든요.

이러한 면에서 '마음 가는 대로 하라.'라는 말이 참 명쾌한 조언이 아닐 수 없습니다. 머리로 하는 후회보다 마음으로 하는 후회가 더 길게 가는 법이니까요. 물론 정말 아닌 거 같으면 마음이 양보할 것입니다. 이성적인 선택을 하라고 말이죠.

결국은 이러나저러나 내키는 대로 선택해 나아가도 괜찮다는 이야기입니다.

멈추지 않는 시간은 애석하겠지만
덕분에 괜찮아질 수 있습니다

카페에 앉아 글을 쓰다가 잠시 쉬는 겸 멍하니 창밖을 구경했다. 눈에 들어온 것은 어디로 흘러가는 것인지는 모르겠지만 어딘가에 있을 각자의 목적지를 향해서 가고 있음은 분명했던 사람들이었다. 누군가는 옆 사람과 이야기를 하며 걸어가고 누군가는 급한 일이 있는지 헐레벌떡 뛰어가고. 자신의 휴대전화를 보며 누군가를 기다리고 있는 것 같은 사람도 있었다. 마치 내가 아무리 가만히 있어도 세상은 멈추지 않고 움직인다는 것을 보라는 것만 같았다.

시간을 거슬러가 올라가 보면 누군가와의 추억에 잠겨 아무것도 하지 못 할 때도 일이 잘 풀리지 않아 무기력감에 빠져 지낼 때도 그랬다. 제자리에 머물러 나아가지 못하고 있는데도 시간은 속절없이 흘러만 갔고 세상은 멈추지 않고 끊임없이 움직였다. 너무나도 원망스러웠지만 어쩔 도리가 없었다.

모든 것들은 흘러가고 멈춤이 없다. 지나간 것을 되돌릴 수도 붙잡고 있을 수도 없다. 애석한 일이다. 하지만 그것을 꼭 나쁘다고만 할 수 있을까. 물은 그 자리에 머물러 고여 버리면 오염되고 썩는다. 하지만 멈추지 않고 흐르면 다른 물들과 만나기도 더 큰 물줄기를 이루기도 하고, 다시 나누어져 흐르기도 한다. 그렇게 물은 점점 깨끗해지고 맑아진다.

우리의 인생도 마찬가지다. 흐르는 물처럼 흘러가는 것들을 인정하고 온전히 받아들여 자연스레 그 흐름에 올라타면 우리의 마음은 도리어 맑아진다. 흘러가는 것들을 억지로 붙잡고, 흘러가는 것들을 보며 원망하고 있으면 마음이 썩어 문드러질 뿐이다.

한때의 좋았던 기억들을 잊고 싶지 않아 붙잡고 있는 것이 너무 힘들 때. 세상이 원하는 대로 흘러가고 싶지는 않다며 자신만의 길을 걷고자 했지만 그것이 너무 버겁게만 느껴질 때. 그저 잠시 붙잡고 있던 손을 놓고 흘러가는 대로, 시간과 세상이 이끌어 가는 대로 흘러가자.

아무 힘도 들이지 않고 이끌어주는 대로 흘러가다 보면 시간이라는 것이 더 나은 추억을 만들 수 있는 곳으로 데려다줄 것이고, 새로운 기회로 자신이 원했던 길로 데려다주기도 할 것이니까.

버티는 것이 우리를 강하게 만들어주기도 하지만, 때로는 버티지 않고 세상의 흐름에 따라 흘러가는 것도 좋은 방법입니다.

바람에 흔들리지 않는 강인한 대나무는 강한 바람에 부러지기도 하지만 이리저리 쉴 새 없이 흔들리는 갈대는 부러지지 않는 것처럼 말입니다.

언제나 순간의 감정을 억누르고 있을 필요도, 과거에 얽매여있을 필요도 없습니다. 힘들면 가만히 모든 것을 내려놓고 떠내려가면 되는 겁니다.

밀리면 밀리는 대로, 흘러가면 흘러가는 대로, 억누르지도 말고 버티지도 말고.

게으름을 피우는
아주 달콤한 시간

　영화 〈먹고, 기도하고, 사랑하라.〉에는 'Dolce far niente'라는 말이 나온다. 30대가 되기까지 연애에서도, 작가로서의 일을 하면서도 문제가 없었던 주인공 리즈가 이탈리아의 한 미용실에서 들은 '달콤한 게으름'이라는 말이다. 조금 더 자세히 설명하자면, 자신의 인생에 대해 문제없이 살아왔다고 자부하며 살아왔지만, 문득 자신이 좋아하는 것조차 무엇인지 알지 못하는 자신을 마주쳐 버린 리즈에게 "미국인(리즈)은 바쁘게 사느라 여유를 부릴 줄 모른다."라며 미용실에 있던 이탈리아인들이 '여유'라는 것을 알려주는 장면이었다.

영화에서는 여유 없이 바쁘게 살아가는 사람들의 대표를 미국인으로 삼았지만, 사실 한국도 별반 다르지 않다고, 아니 어쩌면 그보다 더 심하지 않나 하는 생각이 들었다. 동시에 내 삶을 뒤돌아보았다.

학창 시절에는 문제없이 친구들을 사귀었고 학교생활을 무사히 마쳤다. 어디서든 곧잘 적응해서 일도 그럭저럭 잘 해냈고 사람들도 그런 나를 좋아해 주기도 했다. 내 나이에 해야 하는 것들은 대부분 순조롭게 잘 해왔다고 자부할 수 있을 정도의 순탄한 삶을 살아왔다. 그저 그럭저럭 잘 살아온 것밖에 떠오르지 않는다. 세상이 나에게 알려준 대로, 시키는 대로 잘 살아왔다. 걸리는 것이 있다면 시키는 대로 살아가는 것만으로도 빠듯했다는 것 정도.

더 곰곰이 생각해보니 시키는 것을 곧 잘하기는 했어도, 그것을 하는 이유에 대해서는 생각해 볼 시간이나 혹시 내가 그 와중에 하고 싶은 것이 어떤 것인지 스스로 돌아보는 시간을 가져 본 적이 없다. 정확히는 그런 의구심을 가질 여유도, 이유도 없었다는 것이 맞겠다. 세상이 나에게 일러준 대로 살기 위해, 그렇게 뒤처지지 않기 위해 무엇이 되었든 남들보다 한걸음 덜 쉬고 한 걸음 더 내딛는 것이 전부였으니까.

생각의 끝에 도달했을 때쯤 '달콤한 게으름'은 나뿐만이 아닌 모든 사람에게 필요한 것이라는 결론이 나왔다. 잠시 쉬어갈 뿐인 시간마저도 뒤처지는 기분에 쫓기는 것이 아닌, 아무 걱정 없이 나를 돌아보는 나만의 시간. 요즘 같은 세상에서 꼭 필요하지 않은 것처럼 느껴지는 시간이지만, 요즘 같은 세상이라 꼭 필요한 시간이다.

앞만 보고 달리며 살아가기엔 생각보다 꽤 긴 삶이 펼쳐질지도 모를 일이니까.

예전에는 분명 시간이 나면 쉬고는 했었던 것 같은데, 요즘은 좀처럼 쉴 시간이 생기지 않는 것을 보니 정말 바쁜 시대인 것 같습니다. 잠시라도 쉴 시간도 내기 어렵고 자신만의 시간을 갖기란 더욱 어렵습니다. 아무것도 하지 않는 시간은 부담스럽기까지 하죠. 하지만 모두가 알다시피 우리는 그렇게 튼튼하지 못한 사람이라 시간이 나기만을 기다리며 달리다간 결국 지쳐버리기거나 쓰러져버리고 말 것입니다.

쉬어가는 시간도, 나만을 위한 시간도 우리가 살아가는 과정 중 하나입니다. 바쁘게 달려가는 시간만이 우리가 성장하는 시간이 아니라 쉬어가는 시간도 우리가 성장하는 시간입니다. 우리의 계획표엔 공부와 업무만이 아닌 자신만의 시간 또한 일정으로서 당당히 넣어줄 필요가 있다는 말입니다.

내 행복을 느끼는 사람은
남이 아니라 자신입니다

고등학교 3학년, 담임선생님은 나에게 어느 대학에 갈
생각인지 물었다. 나는 "가까운 곳이요."라고 답했다. 딱
히 꼭 가야겠는 욕심이 나는 대학도 없었고 그저 시키는
것만 해왔던 나는 어느 대학에 갈지 크게 고민해본 적도
없었기 때문이다. 취업을 준비하던 시절에는 동기들이 지
원하는 회사에 따라 지원을 했다. 한 회사에 합격했다. 업
계에서는 그래도 꽤 큰 회사였음에도 주변 사람들은 자
신이 알지 못한다는 이유로 작은 회사 취급을 했다. 그렇
게 내가 합격한 회사를 부정당하니 괜스레 가는 것이 망
설여졌다.

글을 쓰기 시작했을 때, 그거 가지고 어떻게 먹고 사냐는 이야기를 가장 많이 들었다. 글을 쓰며 어렴풋이 생각하고 있던 문제긴 했다. 그렇지만 글을 쓰는 것은 매우 즐거웠고 사람들과 생각을 주고받는 것 또한 재밌었기에 놓고 싶지 않았다. 애초에 욕심이 크지 않았던 덕에 다른 하고 싶은 것들을 조금씩 조금씩 이것저것 더 해본다면, 얼추 제 한 몸 먹고 살 수 있을 거란 계산이 떨어졌다. 물론 단기간에 해낼 수 없으니 기간을 꽤 넉넉히 잡았다.

하지만 사람들은 꾸준히 정신 차리라는 말을 했고 그 시간에 일하는 것이 낫겠다며 핀잔을 주었다. 내 나름대로 계산과 확신으로 시작했음에도 그런 말을 계속 듣다 보니 흔들렸다. 차라리 회사원으로 취직해 일을 하는 것이 더 안정적이고 수월할 것 같았다. 마치 내가 잘못하고 있는 것만 같은 기분에 휩싸였다.

자주적인 삶을 살아보지 못해 자신만의 기준이 없었던 탓이었다. 나만의 만족하는 기준이, 행복을 느끼는 기준이 없으니 다른 이들이 만든 기준을 가져다 나를 맞춰본 것이다.

"제주도 같은 공기 좋은 데서 사나 서울에서 사나, 제주도에서도 지옥같이 사는 사람이 있고 서울에서도 즐기

128

는 사람이 있어. 어디에 사느냐, 어떻게 사느냐가 중요한 게 아니라 내가 지금 있는 곳에서 만족하는 것이 중요해."

효리네 민박이라는 TV 프로그램에서 들은 말이다. '마음먹기에 달렸다.'라는 옛말처럼 모든 것은 내가 마음을 어떻게 먹느냐에 달린 것이다. 만족을 느끼는 사람도, 행복을 느끼는 사람도 나 자신이니까. 내가 즐거우면 남이 무어라 이야기하던 즐거운 것이고, 내가 소박한 것에도 행복하다면 그것은 자기합리화나 자기만족이 아니라 그냥 내 기준일 뿐이다.

흔들릴 필요가 없는 것이었다. 고작 그거 벌어서 먹고살 겠냐는 핀잔에도, 그 나이면 얼마 정도는 모아두었어야 하지 않느냐는 걱정 아닌 걱정에도. 단지 그들의 삶이 기준이고 나는 그저 내가 만족하고 즐거운 것을 당당하게 해나가면 그만인 것이다.

누군가의 낮은 기준을 누군가는 현실에 안주한다며 비난할지도 모릅니다. 그렇게 보일지도 모르겠지요. 하지만 나의 행복과 만족감을 느끼는 사람은 그 '누군가'가 아니라 '나' 자신임을 잊지 않았으면 합니다.

그렇게 자신만의 굳건한 기준을 세워 타인에 의해 괜스레 기분이 좌지우지되지 않기를. 순간 찾아온 행복을 의심하지 않기를. 그렇게 흔들리지 않기를.

대부분의 사람은

자신이 마음먹은 만큼만 행복하다.

-에이브러햄 링컨 Abraham Lincoln -

칭찬이라는 마법

어릴 적에 봤음에도 아직도 기억에 남는 책이 있다. 〈칭찬은 고래도 춤추게 한다〉라는 제목의 책이다. 아마 칭찬이라는 것은 거대한 몸을 가지고 있는 고래마저도 움직이도록 할 수 있는 엄청난 힘이 있음을 말해주기 위한 책이었던 것으로 기억한다.

'칭찬'의 사전적 의미.
좋은 점이나 착하고 훌륭한 일을 높게 평가함.

칭찬이라는 것은 요즘 세상에서는 서서히 잊혀가고 있다. 그래서일까. 왜인지 모르게 부끄럽고 어색해서 목구멍

132

까지 올라온 칭찬들이 잘 뱉어 내지지 않는다. 덕분에 칭찬하고 싶었음에도 괜스레 핀잔을 주며 넘어간 적도 허다했다.

말하는 것도 이러한데 듣는 것은 또 어떠할까. 누군가 나에게 칭찬을 해줄 때면 너무 쑥스러운 나머지 그 칭찬을 "에이, 아니야."라며 나도 모르게 부정해 버린다. 사람들은 칭찬을 들으면 고맙다고 하면 그만인 것을 자꾸 부정하려고 한다는 이야기를 어디서인가 들었다. 아마 내 이야기였을지도 모르겠다.

하지만 칭찬에 인색한 편은 아니다. 부끄러움과 어색함을 이겨낼 정도로 기분이 좋을 때는 그 기분을 주체할 수가 없어 칭찬을 남발하고는 한다. 최근에 한 번, 기분이 좋았던 적이 있다. 최근에 가장 즐거웠던 순간을 꼽자면 아마 이때를 꼽을 듯하다.

주말에 가족들과 저녁을 먹으며 〈미운 오리 새끼〉라는 한 예능 프로를 보고 있었을 때, 프로에 출연한 어머니들의 이야기를 하고 있었다. 그러던 중 포만감에 기분이 좋아졌는지 아니면 그날따라 먹은 저녁이 맛있었는지 들뜬 기분을 주체하지 못하고 "우리 엄마가 제일 예쁘네."라는 장난 섞인 말을 뱉어내었다. 뱉어내고도 쑥스럽기도 했던 말이지만 그때 집안은 정말 웃음으로 가득 찼다. 뜬금없이 나온 말에 어이없어서 다들 웃었을지도 모른다. 누나는 왜 저러냐며 우스갯소리 섞인 핀잔을 주었지만, 무엇보다 중요했던 건 나의 어머니가 참 좋아하셨다는 것이다.

칭찬했을 때의 기억을 더듬어 사람들의 표정을 떠올려 봤다. 다들 부끄럽지만 그래도 즐거운 얼굴들이었다. 그 얼굴들을 보며 나도 덩달아 즐거워졌고 덕분에 그곳의 분위기가 온통 즐거움으로 가득 찼던 순간이 참 많았다.

이쯤 되니 칭찬은 그 어떤 것보다 값진 선물이 아닐까 싶다. 칭찬이라는 것은 따뜻한 관심에서 비롯된 것이고 상대방의 행동과 말투, 표정. 작은 변화까지도 내가 간직하고 있다는 뜻이기도 하니까.

어쩌면 고래와 이야기만 통한다면 정말 칭찬으로 고래를 춤추게 만들 수 있을지 모르겠다. 물론 부끄러움에 배배 몸을 꼬는 고래를 먼저 만날 테지만.

가끔은 그런 생각을 하곤 했습니다. 사람들이 서로 자신만 생각하며 신경을 날카롭게 곤두세우는 것이 아니라 서로 칭찬해주며 서로 같이 살아간다면, 누구도 혼자 힘들어하는 일이 없지 않을까. 하는 그런 생각을. 그런 세상을 위해선 물론 내가 먼저 손을 내밀어보아야겠지만.

칭찬은 인간의 영혼을 따뜻하게 하는 햇볕과 같아서
칭찬 없이는 자랄 수도, 꽃을 피울 수도 없다.
그런데도 우리 대부분은 다른 사람에게
비난이란 찬바람을 퍼붓고
함께 살아가는 사람들에게 칭찬이라는
따뜻한 햇볕을 주는 데 인색하다.

- 제스 레어 Jess Lair -

참는 것뿐이지
괜찮은 것은 아니니까

"아, 아까 말할걸."

잠자리에 들기 전, 낮에 하지 못한 말이 떠올랐다. 누군
가와 굳이 마찰을 일으키는 것을 싫어하는 탓에 말을 아
끼거나 괜히 미움받을 것이 두려워 말을 아끼기도 했었는
데, 아마 그때도 그렇게 마음속에 고이 아끼고 아껴둔 말
을 잠이 들기 전에 꺼내 본 것일 테다.

나는 늘 상대방에게 싫은 소리를 하지 못했다. 싫은 소
리라고 해봤자 내 생각일 뿐임에도. 상대방의 의견이 마
음에 들어서도 상대방의 행동이 괜찮아서도 아니었다. 단

지 상대방과의 관계를 지나치게 신경 쓰거나 상대가 나를 이상하게 생각하지 않을까 하고 걱정하는 나의 성격 때문에 감춘 것이고 그 상황을 편하게 넘기고 싶은 마음 때문에 감춘 것뿐이다. 누군가에게 꾸중을 들을 때에도, 계획을 세우거나 무언가에 대해 대화를 할 때도, 혹은 갈등이 빚어지는 상황에서도 내 의견은 이야기 하지 않은 채 그냥 조용히 지나가길 바랄 뿐이었다.

대부분 할 말이 있음에도 어떠한 상황을 별 탈 없이 넘기기 위해 침묵을 사용한다. 가만히 있으면 마음에는 들지 않을지라도 그 상황을 금방 넘어갈 수 있으니까. 하지만 그렇다고 금방 넘어갔을 때의 편안함이 계속 유지되는 것은 아니다. 상황이 지나가고 나면 하지 못한 말이 떠오르기도 하고 그 말이 후회로 변할 때쯤 그 편안함은 불편함으로 뒤바뀐다.

뱉어내지 못했던 말은 결국 마음속에 자리 잡기 때문이다. 온종일 생각나기도 하고 자기 전이나 다음 날 생각이 나기도 하는 등 슬며시 마음 한쪽에 자리 잡은 채 찝찝함과 미련으로 남아 나를 괴롭게 한다. 밖으로 내뱉지 못했으니 마음속에 뿌리를 내려, 뱉지 못한 후회를 양분 삼아 마음을 뒤죽박죽 엉망으로 만드는 것이다. 그것들이 마음속에 차곡차곡 쌓여 감당할 수 없을 만큼 엉키면서 자라게 되면 우리의 마음에 더 이상 편안함이 남아있을 수 없다. 이를 막기 위해 우리는 우리의 마음을 밖으로 내뱉어내어 후회의 씨앗이 자라나지 않도록 해야 한다.

무조건 반박을 하며 따지라는 이야기가 아니다. 단지 침묵 대신 용기를 내어 상대방에게 자신의 생각을 전달해서 후회하지 않는 것. 마음속에 하지 못한 말들이 쌓여 답답해지는 상황에 이르지 않게만 하라는 것이다.

힘내어 뱉어낸 말이 비록 힘이 없는 말로 내뱉어지더라도, 내뱉기만 하면 그 말은 우리 마음속에 자리 잡지는 못할 것이니까. 예를 들면 "내 생각은 이랬는데 그것도 좋네." 정도. 흘리듯 말해도 편하게 잠이 들 수 있다면 그걸로 충분하다.

오늘도 잠깐의 편안함을 줄지도 모르는 달콤한 속삭임에 속아 "말해서 뭐 해."라며 말을 아낀다면, 마음속에 하나둘 쌓이고 쌓여 감당할 수 없어진다면 폭발하고 말 겁니다. 그 모습을 본 사람들은 이렇게 이야기하겠죠.

"갑자기 왜 그래?"라고.

그동안 꾸준히 참아왔고 꾸준히 힘들었는데도 말이죠.

누구나 실수를 후회하고,
누구나 미련을 갖습니다

　살다 보면 지나간 것들에 대해 미련을 가질 때가 많다. 사랑했던 사람이 남이 되어야만 했던 순간에도, 늘 먼저 안부의 인사를 남겨야 연락을 하던 친구와 멀어졌을 때도, 진로를 바꿀까 고민을 할 때도 내가 여태까지 쌓아온 것들이 아까워 미련을 가졌다. 아마 한 번뿐인 내 인생을 그것들에 소비했기 때문일 것이다.

　쓰지도 않을 것을 뻔히 알고도 버리지 못하는 물건을 가지고 있는 것처럼 이미 지나가 버린 과거의 시간이 아까워 붙들고 있는 미련. 미련에 발목이 붙잡히면 괜스레 애꿎은 마음만 원망한다. 일어나야 하는데, 일어나서 나아가야 하는데 그러지 못하는 것이 원망스럽달까. 다른 사람들은 열심히 걸어가는데 홀로 주저앉아있는 모습이 처량하게 느껴지기도 한다. 세상에 자신만 미련퉁이인 것 같은 기분.

사실 이러한 과정은 자연스러운 것이다. 누구나 적어도 한 번쯤은 미련에 발목을 붙잡힌다. 너 나 할 것 없이 누구나. 단지 시기가 달라서 혼자만 미련한 시간을 보내는 것 같아 더 처량해 보일 뿐이다. 허우적거리고만 있는 애꿎은 자신을 탓할 필요가 없다는 이야기다.

실수도 마찬가지다. 누구나 실수를 하고 후회한다. 이 것들에는 개인마다 차이가 있다. 누군가는 그것들을 아쉬 워만 하다 잊어버리고 누군가는 그것들을 발판 삼아 한 걸음 더 성장한다. 과거를 바꿀 수 없다는 것을 확실하게 알고 과거는 바꿀 수 없지만 미래는 나아질 수 있다는 것을 확실하게 알고 있느냐 없느냐의 차이인 것이다.

물론 알고 있어도 미련이 남아 허우적거리기도 한다. 그러나 그 후에 무엇을 해야 할지 아는 사람은 좌절을 맛보더라도 호흡을 고르고 무릎을 털고 일어나 다시 나아간다. 애석하겠지만 언제까지고 지난 일에 붙잡혀 살 수는 없는 노릇임을 인정해야 한다. 미련에 붙잡혀있기엔 앞으로 살아가야 하는 시간이 많이 남아있고, 앞으로 더 한 미련과 후회들이 수없이 흔들 테니 말이다.

"그때 더 잘해볼 걸."이라며 후회를 하기보다는 "다음에는 더 잘 해봐야지."라며 털어내는 것에 익숙해지는 사람이 되기를 바랍니다. 내가 누군가의 기분을 상하게 했다면 사과만 하고 있을 것이 아니라 더 잘 해주어 기분을 다시 좋게 만들어주어야 하는 것처럼 말입니다.

과거는 현재에 아무런 해답을 주지 않는다.

과거는 다만 우리에게 교훈을 줄 뿐이다.

-고르바초프 Gorbachev-

사랑할 이유가 없다지만
싫어할 이유도 없으니까

가진 것이 마땅히 없다. 예전에는 무엇 하나 특출하지 못하며, 무엇하나 대단한 것도, 가진 것도 없는 나를 싫어했다. 그러한 평범한 점들 때문에 경쟁 사회에서 뒤처지기만 하는 것 같은 기분이 답답함으로 찾아오기도 했다.

그런 나를 싫어하고 탓하는 것마저도 지칠 때쯤, 굳이 가진 것도 없는 나를 탓하기를 멈추었다. 아무것도 원망하지 않으며 살기를 며칠, 몇 주, 그리고 몇 달. 사랑할 점이 단 하나도 없어서 나를 싫어했지만, 싫어함을 멈추니 대단하진 않아도 귀여워 보일 정도로 아주 소박하게나마 가지고 있는 것들이 새롭게 보이기 시작했다. 가진 것이 없는 만큼 커지던 욕심은 무언가를 계속 해보고자 하는 마음이며 변화를 위한 원동력이었고, 욕심은 가득한데 자꾸만 쉽게 만드는 원망스럽기만 한 게으름은 내가 지쳐서 포기하지 않도록 휴식을 취하도록 해주는 것이었다.

이것저것 경험해보지 못한 탓에 무엇을 잘하는지, 무엇을 좋아하는지조차 몰라 답답하기만 했던 무지함은 아직 잘 해낼 기회가 많이 남아있다는 것이 아닐까. 마치 아직 긁지 않은 복권이 많이 남아있는 것처럼 말이다.

굳이 싫어하지 않아도 되는 것들이었지만 좋아해 줄 만한 것이 없어서 괜스레 싫어했던 것들이 참 많았다. 누군가 가진 것이 부러워서, 누군가가 대단해 보여서, 그들이 되고 싶어서였을지도 모른다. 어쩌면 원망할 것이 너무 많은 세상이라 좋아하기보다는 싫어하는 것에 익숙해져서일지도 모르겠고.

쉽진 않겠지만 그래도 익숙해져야 한다. 사랑할 것이 없어 미워하기보다는 마땅히 미워할 것이 없어 사랑하는 것에.

당신은 당신을 싫어할 이유가 있는지 궁금합니다.

만약 생각 끝에 딱히 떠오르는 것이 없다면

그냥 좋아해 주기를 바라는 마음에.

당신은 몇 년 동안 자신을 비난했고 효과가 없었다.
자신에게 아첨하면 어떻게 되는지 두 눈으로 확인해보자

- 루이스 L. 헤이 Louise L. Hay -

때로는 강하게
때로는 유하게

사람들은 말한다. "요즘에는 착하게 살면 당하기만 해. 당하고 살 바에 차라리 나쁜 사람이 되도록 해."라고. 잘 못된 이야기는 아니다. 착한 사람을 이용하는 사람들이 널리고 널린 세상이니. 하지만 그렇다고 착함을 버릴 필요가 있을까.

착한 것도 나쁜 것도 다 장단점이 있다. 착하다는 것은 이용당할 수도 있겠지만, 다른 착한 사람을 다치지 않게 할 수도 있다. 나쁘다는 것은 적어도 다른 사람에게 속으며 다치지는 않겠지만, 자신이 받은 상처를 누군가에게 고스란히 안겨줄 수도 있다. 사실 착한 사람이 나쁜 사람이 되는 것은 쉬운 일이 아니다. 무언가 어색함이 묻어 난 달까. 물론 나쁜 사람이 착한 사람이 되는 것보다는 아니 겠지만.

때로 이용당하고 다치기도 하는 착한 사람으로 굳건히 살아가라는 것을 말하고 싶은 것은 아니다. 자신이 받은 상처가 너무 아픈 나머지 이를 악물며 똑같은 사람이 되 지는 않기만을 바랄 뿐이다. 상처를 준 이는 이미 떠나갔 고 우리가 갚아주는 이는 당신과 같은 상처를 입을 사람 일 뿐이니까.

굳이 변하고 싶다면 적당히 착하고 적당히 나쁘게. 적 당히 친절하고 적당히 영악하게. '적당히'라는 어디에도 치 우치지 않은 기준에 맞춰 변하는 것만으로 충분하다는 것 을 잊지 않았으면 한다. 자신을 아프게 만든 사람 때문에 자신을 잃는 것도, 그 때문에 누군가를 아프게 하는 것도 애석한 일이니까.

착하다는 본질을 버리지 않고 자신의 소중한 사람들을 유하게 대하는 것. 때로는 그들을 지키기 위해, 혹은 자신을 지키기 위해 강하게 나갈 땐 강하게 나아가는 것. 매사에 지나치게 착하지도 지나치게 나쁘지도 않은 것. 그 정도의 적당함이면 자신을 잃지 않고 살아가기 충분합니다.

지나치게 도덕적인 사람이 되지 마라.

인생을 즐길 수 없게 된다.

도덕 그 이상을 목표로 하라.

단순한 선함이 아니라 목적 있는 선함을 가져라.

- 헨리 데이비드 소로 Henry David Thoreau -

잘 해내야 한다는
강박에 대하여

매사에 완벽해지려 애쓰던 시절이 있었다. 물론 아직까지 그런 것이 남아있기는 하지만. 처음 글을 쓰기 시작했을 때 이러한 성향 덕분에 불편함이 이만저만 아니었다. 썼던 글이 자꾸만 만족스럽지 못한 탓에 읽고 다시 읽고, 계속해서 검토하고 수정하느라 하고 싶은 말마저도 전달이 안 될 정도였으니까.

이것이 물론 당연하기도 한 것이지만 그것은 깔끔한 문장과 문장을 만들어내는 것에 한정되는 것이지, 다듬고 다듬다가 원하는 바를 제대로 전하지도 못할 정도로 축약되어 버린 글을 쓰는 것이 옳은 것은 아니겠다. 마치 무언가

154

를 조각하는데 조각의 형태가 자꾸만 마음에 들지 않아 조금씩 조금씩 다듬다 보니 본래의 조각도 재료도 전부 갈아져 버린 꼴이랄까.

많은 사람이 완벽이라는 것에 강박감이 있는 듯한 정도로 자기 검열을 한다. 얼핏 보기에도 충분하다 할 법한 것에도 만족감을 느끼지 못했는지 더욱더 매달리고 더욱더 자신을 옭아맨다. 아주 높은 기준을 세워놓고 해도 괜찮은 이유보다는 하지 말아야 할 이유만 가득 적는다.

어쩌다 이렇게 된 걸까 싶어 생각해보면, 다 세상 탓이 아닐까 싶다. 과정을 무시한 채 결과만을 바라보는 세상. 조금이라도 뒤처진다 싶으면 낙오시키는 세상. 단 한 번의 기회만으로 우리를 판가름하고 평가하는 세상 말이다. 완벽해야만 하는 마음은 많은 노력과 시간을 들여 열심히 살아온 우리의 모습을, 한순간의 실수로 그렇지 않은 사람으로 생각하지는 않을까 하는 두려움으로부터 생긴 것이니까.

실수로 더 나은 성장을 이뤄낼 수도 있는 것인데, 세상은 실수를 용납하지 않는다. 한 번의 실수마저도 물어뜯으며 끌어내리고 한 번의 실수로 그 사람을 평가해버린다. 때로는 살얼음판을 걷는 기분이 들 정도로 날이 서 있달까.

무언가 쉬지 않고 살아가야만 될 것 같은 기분도, 완벽하게 해내지 못하면 사람들이 수군거리지는 않을까 하는 불안함도 모두 그러한 세상에서 태어나 자랐으니 마음속에 당연하게 자리 잡은 것일 테다.

하지만 우습게도 완벽이라는 것은 매달리면 매달릴수록 가까워지기는커녕 멀어지기만 한다. 아주 치밀한 계획을 세우고 만반의 준비를 하고 나간 소개팅이 뜻처럼 풀리지 않는 것처럼, 잘 보이려 하면 할수록 내 매력을 보여줄 기회만 깎아먹을 뿐이다.

무언가 잘 해내고 싶다면 완벽해야 한다는 강박과 잘 해내야 한다는 강박에서 벗어날 필요가 있다. 그저 완벽이라는 틀에서 벗어나 우리를 옭아매는 것들로부터 자유로워지는 것이면 충분하다. 우리가 스스로에게도 까다로운 기준을 세우며 무엇이든 잘 해내는 삶을 추구하는 것은 후회하지 않기 위해서이고, 온전히 우리의 모습을 다 보여주는 것이야말로 후회가 남지 않는 완벽이라는 것에 가장 가까운 것이니까.

이건 이래서 안 되고 저건 저래서 안 되고 이건 이럴까 봐 두렵고 저건 저럴까 봐 두렵고…. 사실 이건 이래도 괜찮고 저건 저래도 괜찮은 일들이기도 합니다. 오히려 조심스러우면 더욱 잘 안 풀리는 것들이기도 하죠.

세상에는 완벽한 사람도 없고 실수하지 않으며 살아가는 사람도, 실패하지 않으며 살아가는 사람도 없습니다. 우리 앞에 서 있는 사람들 사람 중에도 완벽한 사람 하나 없듯이 말입니다. 그 말은 완벽하게 잘 해내지 못해도 수군거리는 사람은 없다는 것입니다. 단 한 번의 실수만으로 못난 사람이라는 꼬리표를 붙이는 사람이 있다면 그 사람이 이상한 것뿐입니다.

그러니 숨통을 조금이나마 틔워놓고, 적당한 여유를 갖고 살아가셨으면 합니다. 스스로를 너무 움켜쥐고 있으면 숨만 막힐 뿐이고, 그렇지 않아도 채찍질만 하는 세상에서 스스로에게도 채찍질하는 것은 슬픈 일이니까.

완벽을 추구하는 한
마음의 평안은 결코 얻을 수 없을 것이다.

- 레프 톨스토이 Lev Tolstoy -

아픈 기억을 지우는 법

생각 많은 하루가 있다. 생각에 곰곰이 잠기다 보면 그 생각은 꼬리의 꼬리를 물며 계속해서 다른 생각들로 이어진다. 그 와중에 고민거리를 떠올리기도 하고 걱정거리를 가지고 오기도 한다. 그렇게 아픈 기억과 떠올리고 싶지 않은 기억을 들춰낸다. 하루가 끝날 때까지 점점 짙어지기만 할 뿐 희미해질 기미가 보이지 않는다. 내일도 모레도 그다음 날도 마찬가지다.

그러다 몇 주, 몇 달, 혹은 몇 년이 지나면 언제 그랬냐는 듯이 기억이 나지 않는다. 굳이 기억의 서랍장을 꺼내 보자면 기억이 나겠지만, 스쳐 가는 생각들이 꼬리를 물고 찾아올 때에는 더 이상 떠오르지 않는다는 이야기다. 많은 사람이 아픈 기억을 잊기 위해선 바쁘게 살아야 한다고 말한다. 시간이 흐르는 만큼 새로운 기억들이 덧씌워져 점점 잊히기 때문이다. 좋은 기억, 나쁜 기억. 구분이 없다.

어떤 이는 그것이 당장 내일일 수도 있겠고 어떤 이는 그것이 내년일 수도 있다. 그들이 보고 듣고 기억하는 것들은 모두 다른 탓에 각자의 맞는 시간이 걸린다. 하루 이틀 시간이 지나도 나아지지 않았다고 조급함을 느낄 필요 없다는 것이다. 그로부터 몇 개월, 몇 년 후에는 분명 괜찮아질 것이니까.

떠올리고 싶지 않은 생각이, 기억하고 싶지 않은 가슴 아픈 추억이 있다면 잊히지 않는 기억들로 인해 발버둥 치지 말고 열심히 살아가자. 그저 열심히 살아가며 새로운 것을 보고 새로운 것을 듣고 새로운 것들을 느끼며 차곡차곡 그 기억들의 위에 새로우면서도 소중한 기억들을 덧씌워가며 살아가자. 새롭게 덧씌우지 않고 지난 시간만 자꾸만 꺼내어보면 더 선명해질 뿐이다.

아픈 기억은 떠올리면 떠올릴수록 너무나도 아프기에 떠오르지 않기를 바라지만, 애석하게도 그것이 마음처럼 되지 않습니다. 잊으려 하면 할수록 잊히지 않아요. 우리가 잊으려고 생각하면 할수록 지나간 기억을 계속 꺼내보는 것이거든요.

갓난아이 때의 기억이 나지 않는 것처럼, 어린 시절의 추억이 잘 떠오르지 않는 것처럼. 잊으려고 하기보다는 그저 새로운 기억들을 쌓아가며 새로운 사람들과 열심히 살아가면 언젠가 잊힐 겁니다.

물론 완전히 잊지는 못할지도 모르지만, 적어도 아픈 감정은 사라진 채 언젠가의 추억으로 여길 순 있을 겁니다.

어떤 일을 잊고자 할수록
더 강하게 기억에 남는다.

- 미셸 드 몽테뉴 Michel de Montaigne -

새로운 시작을 하기 위한
마음가짐

미련은 다양한 모습으로 사람들의 발목을 잡는다. 사랑하는 사람을 잊지 못하게 하고, 새로운 일에 도전하지 못하게 하고 과거로 돌아가고 싶은 마음을 남긴다. 새로운 사랑을 찾다가도 쉽게 옛사랑에게 돌아가는 것도 미련 때문이고, 자신이 걸어온 길을 뒤로 한 채 새로운 도전을 택했다가도 쉽게 나아가지 못하거나 본래의 길로 돌아가는 것도 미련 때문이다.

그렇기에 우리는 무언가 새로운 시작을 하기에 앞서 이전의 마음을 말끔하게 비워내야 한다. 마치 새로운 사람이 된 것처럼 흔적도 없이. 아무리 굳게 다짐한 마음이라

도 조금의 미련이라도 남아있다면 그것들이 섞여 나를 더
욱 심란하게 만들 뿐이니 말이다.

조급해하지 말고 천천히 비워도 괜찮습니다. 다만, 미련이라는 불순물이 조금이라도 남아있으면 새로운 마음을 온전히 받아드릴 수 없다는 사실을 잊지 않았으면 좋겠습니다.

PART 3

적절한 거리 두기

이해가 되지 않는다면
애써 이해할 필요 없다

매장 카운터 아르바이트를 하던 시절, 참 다양한 손님들이 있었다. 그중에서 기억에 남는 이들은 단연 '진상 손님'이라 불리는 이들이었다. 카드결제가 되지 않는 계산대였기에 "여기선 카드결제가 되지 않아서 계산은 저쪽으로 가셔서 해주시면 됩니다."라고 말했을 뿐인데 "제가 손님인데 왜 제가 가요?"라는 말이 돌아왔다. 덕분에 매장을 비우고 갔다 오는 일도 허다했다. "어차피 마감 때 할인할 건데, 그냥 지금 할인해주세요."라는 손님도 있었다. 물론 마감까지 물건이 전부 팔리지는 않을 수 있지만, 마감이 두 시간이나 남았는데 말이다.

처음 이런 손님들을 보며 '왜 그러지.'라는 생각을 많이 했다. 이해가 되지 않았기 때문이었다. 무언가 내가 놓친 부분이 있어서 그들을 이해하지 못하는 것일까 싶었다. 하지만 아무리 생각해도 모르겠다. 도저히 이해가 되지 않았다. 그렇게 이해가 되지 않는 손님들이 자꾸만 오니 점차 짜증이 몰려오기도 했고 답답하기도 했으며 화가 나기도 했다. 물론 표현은 하지 않았지만.

늘 이해가 되지 않는 사람들의 행동 하나하나를 이해해 보려고 노력했다. 내가 알지 못하는 것뿐, 그들의 행동이 옳을 수도 있다는 생각에. 그렇게 "아, 그래서 그렇게 행동했구나.", "그래서 그렇게 이야기했구나."라는 납득할만한 결론이 나면 그제야 비로소 마음이 가라앉았다. 상대의 행동을 이해했으니까.

하지만 이해하지 못했을 땐 감정이 소비되기 시작했다. 도저히 납득할 만한 이유가 떠오르지 않으면 그 일을 '이성'이라는 영역을 벗어나 '감정'의 영역으로 가지고 오기 때문이다. 이해가 되지 않으니, "왜 저러지.", "그냥 내가 싫은가."라는 결론이 되는 것이다. 정도가 심하면, 상대가 잘못한 것임에도 내가 문제가 있나 보다 싶기도 하다. 상대에게 납득할 이유를 찾지 못했으니 나에게서 찾아보는 것이다. 이렇듯 배려 아닌 배려에서 비롯된 타인을 이해해 보고

자 하는 마음은 자신의 감정을 낭비하게만 만들어 버린다.

참으로 막막하다. 이렇게 한 번쯤은 이해의 과정을 거쳐야 하는 사람들이 아직도 많이 남아있으니까. 착한 사람이 있는 반면, 나쁜 사람도 있을 것이고 이기적인 사람이 있는 반면, 배려심 가득한 사람도 있을 것이다. 또 강자에게 강한 사람이 있고 약자에게만 강한 사람도 있겠다. 좁디좁은 세상에서 살아가는 작은 존재일 뿐인데, 많지 않은 경험과 지식만으로 이해해내야 할 사람들이 참 많다.

그래서 나는 그들을 이해하는 것을 포기했다. 내가 이해할 수 있을 것 같지도 않으며, 그러한 감정 소비들을 감당할 수 있을지 확실치 않다. 그들을 이해의 영역에 가두었던 틀을 벗어던지고 당연함의 영역으로 가지고 왔다. 그들이 왜 그렇게 행동했는지, 왜 그렇게 말했는지 의문을 갖지 않는다는 이야기다. 그냥 그 사람들은 그렇게 행동하는 것이 당연한 것이고 그렇게 말을 하는 것이 당연한 부류의 사람들일 뿐이다.

이해의 영역이 아니다. 그들을 이해하는 것에 에너지를 쏟지 않는다. 다양한 부류의 사람들이 있다는 것은 어떤 부류의 사람이 존재해도 이상하지 않다는 것이니까. 어떤 말도 안 되는, 이해가 안 되는 부류의 사람이 나타나도 그냥 그런 사람인 것이다. 가장 중요한 것은 그들의 행동과 말에 의구심을 일절 품지 않는 것이다. 계산대를 비우고 카드 계산을 대신 해오라는 손님에 대해 여유가 되면 카드 계산을 대신 해오고, 그럴 수 없다면 절차에 대해 다시 읊을 뿐이다.

누군가 나에게 상처를 준다면 이제는 이해해보려 하지 않는다. 원인을 찾으려 하지도 않는다. 그냥 그 사람을 타인에게 상처를 주는 사람이라는 부류에 넣는다. 타인에게 상처를 주는 사람이 나에게 상처를 주었다면, 그건 그냥 그 사람의 부류에선 당연한 것이니까. 문제가 나에게 있는 것도, 내가 이해를 하지 못한 것도 아니다. 그 상처가 아프다면 그 사람과 멀어지면 되는 것이고 품을 만하다면 품으면 되는 것이다.

애쓸 필요 없다. 나에게 상처를 주는 사람을 이해해 주느라, 말도 안 되는 행동을 하는 사람을 이해하느라. 그냥 그런 부류의 사람인 것을 괜스레 나의 범주에 넣느라 감정을 소비하기에는 그렇게 소모되는 나의 노력이 너무나 아까우니까.

세상엔 우리가 가진 경험과 지식으로도 이해하지 못하는 사람들이 참 많습니다. 이런 사람이 있을까 싶은 사람들이 분명 눈앞에 나타나기도 해요.

상상 이상의 사람들이 나타날 겁니다. 이 사람보다 나쁜 사람은 없을 거라 생각하면 그런 사람이 나타나고 이 사람보다 착한 사람은 없을 거라 생각해도 그런 사람이 나타납니다. 정말 다양한 사람들이 존재하는 세상이거든요.

그러니 괜스레 그러한 것이 당연한 사람들을 이해하느라 감정을 낭비하지도, 힘들어하지도 않았으면 좋겠습니다. 우리를 이해해주는 사람들을 이해하고 배려하는 것만으로도 벅차고 충분하니까요.

내가 베푼 호의를
알아주지 못해 속상할 때

　나는 호의를 베풀었건만, 그것을 아는지 모르는지 야속하게 구는 상대 때문에 괜스레 속상해질 때가 참 많다. 사실 무언가 받고자 하는 것은 아니었음에도 속상한 마음은 좀처럼 감출 수가 없다. 때로는 배신감이 들기도 한다. 그래도 통하는 사람인 줄 알았는데, 내 작은 호의마저도 알아주지 못하니 말이다. 처음부터 속상하고 배신감이 들었던 것은 아니다. 그 횟수가 점점 늘어나기만 하니 그렇게 되어버린 것이다.

　베풀 땐 몰랐던 마음이 베풀기만 하니 메말라버리고 각박해진 탓이다. 아무리 받지 않고 베풀기만 하는 것이 괜찮다 할지라도 사람 마음에는 한계가 있고 정말 아무것도 받지 못하면 결국 바닥나 버리기 마련이니까.

받는 사람의 입장은 어떨까. 자신이 받은 호의를 정말 모를 수도 있고 알면서도 갚지 않았을 수도 있다. 전자든 후자든 그 이유는 같다. 그것이 그들에게는 그렇게 중요하지 않은, 필요하지 않은 호의였기 때문이다. 이미 배가 부른 사람에게 굳이 맛있는 걸 사준다며 밥을 사준 것과 마찬가지라는 이야기다. 필요하지 않은 호의는 받는 처지에선 호의라 할 수 없다. 오히려 불편한 마음이 생길 때도 있다. 기분 좋게 배가 부른 상태인데, 정말 좋은 마음으로 나에게 밥을 사준다고 다가온 친구를 밀어내기는 여간 불편한 일이 아니다.

호의라는 것은 물론 정말 좋은 마음이다. 그러나 그것이 꼭 필요하지만은 않은, 불필요한 호의가 될 수도 있다는 것을 늘 생각해야 한다. 굳이 주는 사람도 받는 사람도 불편해질 필요는 없고, 그렇게 아무 때나 베풀어도 괜찮은 마음도 아니니 말이다.

당연히 호의라는 것이 무언가 돌려받고자 하는 마음으로 시작되는 것은 아니겠지만, 우리 마음은 그렇게 주기만 하면 바닥을 보이고 맙니다. 그리곤 자신도 모르게 섭섭함이 자리 잡죠.

그러니 베풀고자 하는 마음이 가득할지라도 잠시 넣어두었다가 꼭 필요한 사람이 나타났을 때 꺼내주는 것이 어떨까 합니다. 그렇게 베풀고도 알아주지 못한다며 속상한 마음으로 밤을 지새우는 건 가슴 아픈 일이니까.

자신이 우선순위가
되어야 하는 이유

시간이 흘러갈수록 지키고 싶은 사람들이 점점 많아진
다. 지키고 싶은 사람들이 많다는 것은 사랑하는 이들이
많다는 것이다. 그들이 다치지 않았으면 좋겠는 마음이고
그들을 위해서 헌신하고 싶은 마음과 배려하고 싶은 마음
이 가득할 것이다. 정말 좋은 마음이다. 누군가 나를 신경
쓰기는 할까 싶은 세상에, 주변에 이런 소중한 이들이 있
다면 더할 나위 없이 좋을 테니까.

그러나 누군가를 지키기 전에, 이런 마음을 갖기 전에
기억해두어야 할 것이 있다. 나를 우선으로 지켜야 한다
는 것. 내가 무너져 버려 타인을 지켜줄 여력이 없다면 우

리는 그 누구도 지켜줄 수 없기 때문이다. 이것은 이기심처럼 보일지 모르나 그런 것이 아니다. 다른 이들에게 나눠줄 것은 아끼며, 꽁꽁 감추면서까지 내 몫으로 가져오라는 것이 아니라 우선 내가 있어야 다음이 있다는 뜻이다.

어쩌면 이것이 이기심처럼 보이는 것은 사랑하는 이들을 위한다는 것을 일방적인 개념으로 생각하는 착각에서 비롯된 것이 아닐까 한다. 사랑하니까 무엇이든 해주어야 한다는 그런 착각. 받는 것보다는 내주어야 한다는 그런 것 말이다.

쉽게 말해 부모의 마음. 어쩌면 연인들의 마음이다. 이해는 가지만 개인적으로는 이런 마음이 더 이기적인 마음이 아닐까 한다. 받는 이의 마음을 생각하지는 않았으니까. 받는 이는 받는 만큼 자신도 주고 싶고, 자신도 도움이 되고 싶다. 오히려 받기만 한다면 마음이 불편해지고 차라리 받지 않았으면 좋겠다는 마음도 들기도 한다.

우리는 알아야 한다. 다른 이를 위한 마음에는 주는 것만 있는 것이 아니라 받는 것도 있고, 이것이 사랑하는 이를 위한 올바른 마음가짐이며, 건강한 마음가짐이라는 것을. 이러한 과정에서 필요한 것이 자신을 지키는 것이고 먼저 자신을 위해야지만 다른 이를 위할 수 있다는 것을.

다른 이에게 괜찮은지 묻기 전에 나는 오늘 괜찮은가 생각해보고, 다른 이에게 도움을 주기 전에 나는 도움 받을 것이 없는지 생각해보자. 사랑하는 이들 지키고자 그들을 한번 살펴볼 때, 나도 한번 살펴보자. 내 자신이 괜찮다는 것을 확인하고 그 후에 다른 이들을 위해도 늦지 않는다. 괜찮지 않다면 잠시 쉬기도 하고, 다른 이에게 기대기도 하면서 마음을 충전하면 될 뿐이다. 그것이 나를 위한 것이고 사랑하는 이들을 위한 것이다.

사람은 항상 웃을 수 있을 리가 없고 항상 괜찮을 리가 없습니다. 내가 괜찮지 않다는 사실은 자신밖에 알 도리가 없죠. 스스로 돌아보고 스스로 관리하지 않으면 누가 어떻게 해줄 수 있는 것이 아닙니다.

오늘의 기분을 생각해보기도 하고 최근에 힘든 일이 있었나 돌이켜보기도 하고 그래서 괜찮은지 생각해보기도 하고. 괜찮다면 이야기를 들어주며 버팀목이 되어주기도, 괜찮지 않다면 주변 이들에게 이야기하며 기대기도 하면서 살아가는 것.

그것이 사랑하는 이들을 위하는 배려이고 나에 대한 배려임을, 내가 무너지면 더는 사랑하는 이들을 지킬 수 없고 그것이 오히려 그들에게 미안함만 쥐여 줄 수 있음을 잊지 않으셨으면 좋겠습니다.

세상은 넓고,
사람은 많습니다

　내 사람이라 생각했던 이들과 멀어지는 것이 아쉬웠던 날들이 있었다. 힘들어서 잠시 내려놓았던 이들인데 내가 억지로 붙잡고 있었다는 것을 보란 듯이, 저 멀리 날아가 버린 이들이었다. 돌이켜보면 그들 중 나를 힘들게 하지 않은 사람은 없었음에도 '그래도 괜찮은 사람이었는데.'라는 생각에 그들을 그리워하고 아쉬워했다. 또, 그런 그들을 놓쳐버린 나 자신을 탓하는 일도 허다했다.

　시간이 흘렀고 새로운 사람을 만나도 관계를 유지하는 것에 신경을 쓰지 못했던 때가 있었다. 먹고 살기 바빠지니 그럴 시간도 없었을 뿐더러 에너지도 남아있지 않았기 때문이었다. 자연스레 그만큼 내 사람이라 할 수 있는 폭이 줄었다. 그러나 나의 인간관계는 훨씬 단단하고 깔끔해졌다. 내가 잘해주지 않으면 나를 찾지 않을 것이라는 불안함으로부터 자유로워지니 마음 또한 한결 편해졌다. 새로운 사람과의 관계를 형성하지 않은 것도 아니다. 분명 새로운 사람도 만났고 내 사람이라 할 수 있을 만한 사람들도 새롭게 생겼다.

나를 힘들게 만드는 사람들만 만나왔다고 해서, 그들 중 나를 덜 힘들게 하는 사람을 '그나마' 괜찮은 사람이라 여기고 매달릴 필요가 없는 것이다. 연인 관계에서도, 그 외의 인간관계에서도 마찬가지다. 나를 덜 힘들게 하는 사람이라 할지라도 나를 힘들게 하는 사람이라는 사실은 변하지 않는다. 또한 자꾸만 그런 부류의 이들만 만난다고 해서 그들 중 '그나마' 괜찮은 사람들을 택할 필요도 없다.

그나마 괜찮은 사람이라는 생각에 사로잡혀 나를 힘들게 하는 사람에게 애쓰는 것은 스스로가 정말 괜찮은 사람과 어울릴 기회를 막고 있는 것이다. 내가 유지하기 힘들다고 느끼는 관계라면 내려놓아도 괜찮다. 당장은 조금 아쉬울지 모르지만, 세상은 넓고 사람은 많다. 그만큼 나를 힘들게 만드는 사람도 많지만, 내가 먼저 나서지 않아도 나를 위해줄 사람도 분명 많다는 이야기다.

자신이 좋아하는 이들을 위해 노력하는 마음은 존중받아 마땅한 마음입니다. 이용하기 바쁜 이들을 위해 내어줄 마음이 아니고, 그들 중 '그나마' 괜찮은 이들을 위해 쓸 정도로 하찮은 마음이 아니라는 이야기입니다. 관계를 위해 노력하는 것이 쉬운 일도 아니니까요.

나를 힘들게 하는 관계가 놓고 싶을 정도로 버거울 땐 마음 편히 놓아주며, 자신을 웃게 만드는 사람들로 주변을 채워갔으면 좋겠습니다.

불가능한 이야기도 아니고 어려운 것도 아닙니다. 자신이 그러하고 자신의 주변 이들이 그러하듯이 자신을 위해 노력하는 사람은 반드시 있고 서로를 위하는 마음이 가득한 관계는 반드시 찾아오기 마련이니까.

타인의 시선이
두려운 당신에게

타인의 시선을 의식하는 버릇이 있다. 정확히는 타인이 나를 어떻게 생각할지, 나의 말과 행동에 어떻게 생각할지를 의식하는 버릇이다. 그 버릇 탓에 다른 사람들과 어울릴 때면 전신에 온 신경을 곤두세우며 반응을 살피는 것이 습관이 되었다. 표정부터 행동, 대답 등을 종합하여 나를 어떻게 생각하는지를 판단할 때도 많다. 사실 여기까지는 이것이 그리 나쁘지 않은 것이라 생각한다. 어떻게 보면 상대방을 조심스럽게 대한다는 것이니까.

그러나 이것은 결코 좋은 습관은 아니다. 이러한 태도는 결국 타인이 나를 안 좋게 보지는 않을까 하는 두려운 마음에 생긴 것이기 때문이다. 작은 움직임에도 나를 이상한 사람으로 보지는 않을까라는 두려움. 길거리를 돌아다닐 때마저 다른 사람들과 눈이 마주칠까 봐 고개를 숙이고 다니는 것도, 대화하는 자리에서 꿀 먹은 벙어리처럼 가만히 몸을 사리게 되는 것도 마찬가지다. 타인의 시선을 지나치게 신경쓰다보면 그러지 않아도 될 일에 위축될 때가 많다.

세상의 모든 눈동자가 마치 나를 훑는 것만 같은, 아주 작은, 정말로 너무나도 작아 눈에 띄지 않는 움직임이라도 놓치지 않을 정도로 매섭게 지켜보다 수군거릴 것만 같은 기분이랄까. 물론 이 시선들은 자신만의 착각이라는 것을 누구나 잘 알고 있다. 타인들은 나에게 신경 쓸 정도로 한가하지 않으니까. 나 또한 그들에게 신경 쓸 여유가 없어서 누군가를 지켜본 적도 없을뿐더러 막상 내가 걱정하는 것만큼 나에 대해 수군거리는 것을 들어 본 적도 없고 말이다.

잘 안다. 그러나 그럼에도 어렵다. 타인의 시선을 신경쓰지 않고 살아가는 것은. 괜스레 타인의 시선을 신경 쓰지 않고 자심감 있게 사는 사람들이 꽤 멋져 보인다. 그들과 같이 주눅 들지 않고 당당히 살아보리라 몇 번이나 다짐해 봤지만, 좀처럼 그들과 같이 되지 못한다. 당당히 살아가지 못하는 스스로가 한심해지기도 하고.

그럼에도 포기할 수는 없는 일이다. 다른 이들이 나를 신경 쓰지 않는다는 것을 알고 있으면서도 구태여 그들의 시선을 의식하며 살아가는 것이 한심한 일이기 때문만은 아니다. 그렇지 않아도 힘든 하루를 버티려면 신경 쓸 것도, 해야 할 것도 많은데 다른 사람의 시선까지 신경 쓰는 것은 너무나도 버거운 일이기 때문이다.

조금이라도 자신의 힘듦을 덜어내길 바란다면, 익숙해져야 한다.

항상 고개 숙이고 다니며 눈치 보며 살고 있다면, 그래서 당당하게 사는 사람들이 부럽다면 고개를 들고 주변을 둘러보셨으면 합니다. 나를 보고 있는 사람이 과연 있는지. 하고 싶은 말을 하지 못할 정도로 소극적이든, 하고 싶은 말을 다 하며 살 정도로 적극적이든 타인은 크게 개의치 않습니다. 자신에게 피해가 가지 않는다면 말이죠.

그럼에도 타인을 신경 쓰지 않는 것은 어려운 일일 겁니다. 물론 타인을 신경 쓰며 살아가는 것 또한 잘못된 것이 아닙니다. 배려심이 많다는 이야기도 하니까요. 다만, 그러한 것들이 조금은 부담되고 버겁다면 스스로를 위해 더 노력했으면 좋겠습니다. '의식하지 않는다'는 것을 의식해서라도. 당당하게 살아간다는 것은 살아가는 것에 꽤 많은 활력을 불어넣어 주기도 하거든요.

남들이 당신을 어떻게 생각할까 너무 걱정하지 말라.
그들은 그렇게 당신에 대해 많이 생각하지 않는다.

- 엘리노어 루즈벨트 Eleanor Roosevelt -

착한 사람과
이기적인 사람의 경계

세상에는 나쁜 사람이 참 많지만 착한 사람도 많다. 그들은 타인의 이야기를 진중한 자세로 들어줄 줄 알고 고민과 걱정을 덜어주기도 한다. 대부분의 부탁을 거절하지 않고 잘 들어주며, 자신이 조금 손해 볼지 모르는 일도 기꺼이 희생한다. 보는 사람이 괜스레 마음이 아파서 그러지 말라. 너무 퍼주지 말라. 그렇게 바보 같이 살지 좀 말라 해도 멋쩍은 웃음만 보여준다. 자꾸만 다른 이들의 부탁을 들어주고 거절하라 해도 그러지 않는다.

뾰족하게 날이 선 가시임을 알면서도 품는다. 옆에서 지켜보는 이의 마음은 신경 쓰지도 않고. 그렇게 멋쩍은 웃음 뒤에 흘리는 피를 감추며 언제나 괜찮다고 말한다. 참으로 이기적인 사람이다.

누군가 자신이 그렇게 힘든 것을 알아주길 바라면서도 혹여나 내가 사랑하는 사람들이 알아채는 것이 두려워 꽁꽁 감추며, 괜스레 너는 괜찮냐며 묻는다. 도움을 주고 싶은 이의 마음을 거절하는 것이 배려인 줄만 알고 정작 도움을 주는 것이 더 기쁠지 모르는 이의 마음을 외면한다.

소중한 이가 무너지지 않기만을 바라며, 기꺼이 도움의 손길을 내민 이의 손을 뿌리친 채 혼자 휘청거리며 버티는 것은 정말 이기적인 행동이 아닐 수 없다.

어쩌면 우리는 이미 누군가에게 이기적인 사람일지도 모릅니다. 사랑하는 이들이 괜찮냐고 묻는 말에 괜찮다며 멋쩍은 웃음을 지은 순간부터, 그들이 보는 앞에서 괜히 짊어지지 않아도 되는 것들까지 짊어지고 있는 것을 들킨 순간부터.

그러니 이왕 이기적인 사람이 된 거, 조금 더 이기적으로 굴어 보는 것은 어떨까 합니다. 나도 여유가 없어서 못 도와주겠다고. 나 오늘 힘든 일이 있었는데 이야기나 좀 들어달라고. 요즘 참 힘든 세상이지 않느냐고.

아무리 괜찮은 척을 해봐도 괜찮아지지 않는 것이 사람 마음이니까.

새로운 관계를 형성하는 것에
지쳤다면

　사람은 하나의 몸을 가지고 세상에 태어난다. 그리곤
그 몸을 이끌고 다른 사람들과의 관계를 형성하며 살아간
다. 아주 크고 거대한 세상에 비하면 존재가 보이지도 않
을 정도로 작은 몸뚱어리다 보니 혼자 살아가기엔 버겁고,
아무래도 혼자보다는 자신의 편이 있는 것이 어딘가에 소
속되는 것이 살아가기엔 수월하니까.

　이러한 관계의 형성, 내가 아닌 다른 사람들과 맞물려
살아간다는 것은 늘 순탄하지만은 않다. 서로의 색이 조
화를 이룬다면 아주 순탄하게 잘 섞여 어울릴 수 있겠지
만, 우리의 인생에 그런 관계만 찾아올 리가 없다. 서로의

색이 너무나 분명해서 어울리지 않는 색인 사람과는 다투거나 헤어지는 경우도 빈번하게 발생할 것이고 때로는 억지로 어울리기 위해 자신의 색을 죽이며 살아가야 할 때가 찾아오기도 할 것이다.

색이 맞지 않는 이들과 만남과 헤어짐을 반복하다 보면 문득 의문에 사로잡히기 시작한다. 굳이 이렇게까지 새로운 사람을 만나야 하는가. 또는 이렇게 힘겹게 어울릴 바에 차라리 혼자 살아가는 것이 나은 것이 아닐까 하는 의문. 새로운 인연을 만드는 것에 소비하던 에너지가 바닥나서 드는 의문일 것이고 그렇게 에너지를 쏟아 부어서 형성된 관계였음에도 결국 무너지는 것을 보고 맥이 빠져서 드는 의문일 것이다.

안타깝게도 우리는 그런 의문 속에서도 사람들 틈에 섞이고 싶은 마음은 멈출 수 없다. 어떠한 욕심 혹은 미련 때문이거나 사회라는 이름에 얽매인 어쩔 수 없는 환경 때문일 수도 있겠지만, 무엇보다 혼자 살아가기엔 너무 외로운 세상이기 때문이 아닐까 한다.

아마 오늘도 내일도. 그다음 날도 외롭다는 이유로 에너지를 열심히 소모하며 관계를 유지하고, 또 형성하기 위해 애쓸지도 모른다. 소비한 에너지를, 우리의 마음을 돌려 받지 못하기도 하고 상처를 받기도 하면서 열심히 사람들 틈에 섞이기 위해 발버둥 치며 살아가기도 할 것이다. 탓하고 싶은 것이 아니다. 분명 잘 살아가고 있는 것이니까.

다만, 새로운 관계를 만드는 것이나 관계에 매달리는 것이 능사는 아님을 기억했으면 좋겠다. 언제나 우리 곁에 있는 관계, 우리가 익숙해질 대로 익숙해진 관계야말로 소비한 만큼의 마음을 되돌려 받기 가장 쉽고 상처를 받지 않을 수 있는 가장 쉬운 관계이기도 하니 말이다.

틈틈이 안부 연락도 해야 하는 사이도 좋고, 때로는 내키지 않는 위로를 하기도 해야 하는 사이도 좋습니다. 그렇게 유지해야만 하는 사람들일지라도 무언가 얻을 수 있으니까요.

그러나 그런 사이가 조금은 지쳤다면 늘 내 곁에 머물러있는 나의 친구들에게, 조금은 섭섭해하고 있을지도 모를 나의 사람들에게 에너지를 써보는 것은 어떨까 합니다. 그들은 내가 내어준 마음만큼 보답해줄 수도 있고 최소한 나를 쓸쓸하게 두지 않아 줄 테니 말입니다.

겉은 차가워도,
속은 따뜻할 수 있음을

책상 서랍을 정리하다가 편지 다발들을 발견했다. 군대에 있었을 때 받았던 편지들이었는데, 단 두 통을 제외한 모든 편지의 보낸 사람과 주소에는 나의 아버지의 이름과 우리 집 주소가 적혀있었다. 아버지도 나도 꽤 무뚝뚝했던 편이라 사이가 가깝지만은 않았는데도 매일 편지를 써주셨던 덕분이다.

쌓여있는 편지를 보고 있자니 그때의 생각에 잠겼다. 언젠가 어머니가 귀띔해주신, 아버지가 새벽에 몰래 나에게 보낼 편지를 쓰고 계셨다는 이야기를 들어서였을까. 표현하는 것이 익숙하지 못한 사람이 이 편지를 쓰기까지의 과정이 머릿속에서 그려졌다. 편지를 쓰는 모습을 들키고 싶지 않아, 가족들이 잠든 시간에 홀로 편지를 써 내려갔을 그런 모습. 담고 싶은 마음도, 글도 많았을 텐데도 그것들을 억누르며 한 글자, 한 글자 써 내려갔을 모습. 물론, 편지의 문체는 대화였더라면 기분이 상했을지도 모를 정도로 평소처럼 무뚝뚝하고 차가웠다. 그러나 읽을 때만큼은 따뜻하고 부드러웠다.

겉으로 보이는 것이 차갑다고 해서 속까지 전부 차갑지는 않은 것이다. 따뜻함 속에만 부드러움이 있는 것이 아니라 차가움 속에 부드러움이 감춰져 있기도 한 것이다.

지난날의 날카롭다고 생각했던 말들에도, 투박하고 딱딱하기 그지없었던 말들에도 의외로 나를 신경 쓰는 마음이 담겨있을지 모르고 걱정하는 마음이 담겨있을지 모른다는 이야기다. 단지 부끄러워서, 어떻게 표현할 줄 몰라서 퉁명스러움으로 포장한 말들이었을 뿐.

아주 가까운 사이라서 서로의 마음에 비수를 꽂을 정도로
아픈 말들을 주고받을 때가 많습니다. 분명 내가 사랑하는
이들이고 나를 사랑하는 이들인데 말입니다.

막상 들으면 너무 아픈 말이라 토라져 버리는 날들도 많지
만, 우리는 알고 있습니다. 악의는 없다는 것을, 그럴 의도
는 아니었다는 것을. 또 그런 말들 사이에서도 서로를 걱
정하고 사랑하는 마음은 변하지 않는다는 것을. 우리는 그
들과 누구보다도 가까운 사이니까. 아주 소중하고 무척 사
랑하는 그런 사이.

생각하기 나름일 뿐
정해진 것은 없습니다

언제부턴가 속에 있는 나의 본모습, 즉 속마음을 겉으로 잘 꺼내지 않게 되었다. 사람들이 나의 본모습을 싫어할 수 있다는 생각에 그렇기도 했지만, 나 스스로가 다른 사람과 비하면 겉으로 드러낼 만큼 괜찮은 매력을 가지고 있지 못하다고 생각했던 것이 컸다. 간단히는 자존감이 낮다는 표현이 맞을 테고 정확히는 나보다 더 잘나고 더 멋진 사람이 많다는 생각에 위축되었다는 표현이 맞을 것이다.

그러한 마음이다 보니 자신감은 좀처럼 생길 일이 없었고, 스스로 볼품없는 사람이라 생각할 뿐이었다. 스스로 한심하게 보는 것이 밑바닥을 찍을 무렵엔 당당히 살아가며 매력을 뽐내는 사람들이 부러워지기 시작했다. 마치 내가 부러워하던 이들과 비슷해진다면 나도 당당하게 살아갈 수 있을 것만 같은 생각이 들었다. 그래서 그들을 흉내를 내며 괜스레 활발한 척을 하기도, 여유가 넘치는 척을 하기도 해보았다.

그러나 그러한 모습들을 반복하면 반복할수록 익숙해지기는커녕 오히려 지쳐만 갔다. 마치 이도 저도 아닌 사람이 되는 것만 같은 느낌. 애초에 내가 활동적이고 당당한 사람이 아닌데 자꾸만 그런 '척'을 하는 것에서 나온 괴리감이었을 것이다. 나를 바꾼다는 것은 참 쉽지 않은 일이다. 정말 많은 노력을 쏟아 붓는다면 바뀔 수 있겠지만, 그렇지 않으면 어딘가 불편하고 어색하기만 할 뿐이다. 맞지 않는 옷을 입은 느낌이랄까.

언젠가 화려한 옷이 잘 어울리는 사람이 너무 멋있어 보였던 적이 있다. 괜스레 내가 평소에 입던 옷들이 초라해 보였다. 그래서 새 옷을 사고 그들처럼 꾸며봤지만, 불편함이 이만저만이 아니었다. 결국, 다시 평소에 내가 입던 옷을 찾게 되었다. 초라함이 쉽게 가시지 않아, 가지고 있던 옷들이라도 잘 조합해서 입자는 마음에 옷을 골라 입었는데 제법 잘 어울린다. 물론 가끔 그때의 불편함을 잊어버리고 다시 화려한 옷을 꺼내 입을 때가 있지만 잠시뿐이다.

내가 가지고 있던 옷이 갑자기 초라해 보인 것은 멋있다고 생각했던 옷을 보았기 때문이고, 내가 가지고 있던 옷이 다시 괜찮아 보인 것은 멋있다고 생각한 옷이 불편했기 때문이다. 이러나저러나 상대적인 것일 뿐이고 그것은 생각하기 나름일 뿐이라는 것이다.

다른 이들의 눈치를 보는 이를 당당히 자신의 생각을 주장하지 못하는 소극적인 사람으로 볼 수 있지만, 한편으로는 섬세하게 다른 사람을 배려하는 사람으로 볼 수도 있다. 유머러스하게 말을 잘하지 못하는 이는 무뚝뚝한 사람, 혹은 재미없는 사람으로 보일 수도 있지만, 누군가에겐 고민을 들어주고 진중하게 대답을 하는 사람으로 보일 수 있다.

어쩌면 당신도 단점이라 생각해 꼭꼭 숨겨 둔 매력이 있을지도 모른다는 이야기다. 다른 사람들의 화려한 옷이 부러워서, 그 화려한 옷들과 비교되는 자신의 초라해 보이는 옷이 부끄러워 숨겨둔 예쁜 옷이 많을지도 모른다. 그저 누군지 모르는 당신에게 당신은 참 멋지고, 예쁜 사람이라는 말을 하고 싶은 것이 아니다. 당신이 부러워하던 화려한 옷은 사실, 그들이 가지고 있는 옷을 그들에게 어울리도록 꺼내 입은 것뿐이라는 사실을 알려주고 싶은 것이다. 그리고 당신이 가진 옷들도 옷장 밖으로 꺼내주기만 한다면, 누군가에겐 화려하고 아름다운 옷이 될 것이라는 사실도.

사람은 누구나 자신만의 매력을 가지고 있습니다. 누군가 생각한 자신의 단점 또한. 누군가에겐 장점으로, 매력적으로 보일 수도 있죠.

쿨하지 못한 소심한 사람은 섬세한 사람이기도 하고 미련이 많은 사람은 감성적인 사람이기도 하고 진지하기만 해서 재미가 없는 사람은 신중하고 듬직하며 생각이 깊은 사람이기도 한 것입니다.

자신만의 매력을 굳이 숨기지도, 그것으로 위축되지도 않았으면 좋겠습니다. 그것이 어렵다면 단점을 단점이라고 생각하지 않는 것으로부터 시작해보는 것은 어떨까요.

매력적인 사람이 되는 것은 이것만으로 충분할 정도로 어려운 것이 아닙니다. 우리는 처음부터 누구도 따라 할 수 없는 자신만의 매력을 가진 사람이니까요.

인생의 가장 큰 후회 중 하나는 스스로 원하는 사람이
아닌 다른 사람이 원하는 사람이 되는 것이다.

-섀넌 L. 앨더 Shannon L. Alder-

우리도 그들도
처음일 뿐입니다

어렸을 적 얼른 집에서 벗어나 독립을 하고 싶다는 생각을 했다. 아마 이런 생각을 하게 된 계기는 무엇이든 시키는 대로 자라야만 하는 환경 때문이었을 것이다. 친척들이나 지인들에게 싹싹하지 못한 소심한 성격 탓에 꾸지람을 자주 들었고 음식을 가리는 것도 마찬가지였다. 친구를 사귀는 것에도, 진로를 정하는 것에도 간섭 아닌 간섭은 끝나지 않았다. 마치 나는 그냥 꼭두각시처럼 살아가는 것만 같았고 때로는 숨이 턱 막히기도 했다.

시간이 흐르고 나니 무언가 그들이 원하던 모습과 비스름한 모습을 갖췄다. 어쩌면 그렇게 자라왔기 때문일지도 모르고 나 스스로가 원해서 그런 것일지도 모른다. 하지만 한 가지는 분명하다. 지금의 모습이 썩 나쁘지는 않다는 것. 때로는 싹싹한 성격이 사람들과 어울리며 살아가는 것에 도움을 주고 있고 가리는 음식 없는 덕분에 다른 사람들과 같이 식사를 할 때 메뉴가 갈려 곤욕을 치르는 일이 없다. 사람도 가려서 사귀어야 내가 아프지 않으며, 직장은 안정적이어야 마음이 편하다.

자식이 잘되지 않기를 바라는 부모는 없다는 말이 어렸을 때는 거창한 거짓말 같았지만, 크고 나니 이해가 간다. 아무리 싫은 소리나 상처받을 만큼 날카로운 말일지라도 그곳엔 우리를 위한 마음만은 가득한 것이 분명했다. 언젠가 홀로 남을 아들이 걱정되어 조금은 싹싹한 성격으로 사람들과 잘 살아가길 바란 것이고 음식은 골고루 먹으면서 조금이라도 건강하길 바란 것이다. 그렇게 좋은 사람들과 안정된 직장에서 편안하게 살기를 바랐을 뿐이겠다.

물론 그것을 알고 있어도 우리는 꾸준하게 그들과 다투고 그것으로 인해 서로 상처를 받기도 하는 것은 변함없을 것이다. 우리가 옳은 것인지, 그들이 옳은 것인지 서로의 시대를 겪어보지 않아서 알 수 없고 서로에게 자신의 마음을 온전하게 전달할 수 있는 방법을 모르니 당연한 일이다. 서로 누군가의 자식인 것도 누군가의 부모인 것도 처음일 테니까.

　우리가 할 수 있는 것이라곤 서로를 놓지 않는 마음을 가지고 살아가는 것이 전부지만, 이것이면 충분하다. 그러다 보면 서로 날이 선 말로 상처를 입히기도, 다치기도 하는 이 굴레에서 조금씩 벗어나 서로의 마음을 보듬어주고 서로 기댈 수 있는 날이 찾아올 것이니 말이다.

오랜 시간 가까이에서 지내다 보니 짐이 너무나도 무거울 때면 그들도 우리도 가장 가까운 서로에게 투정 아닌 투정을 부릴 때가 있습니다. 너무 힘들어서 감정이 들어간 나머지 하고 싶은 말을 제대로 전달하지 못하는 것처럼 말이죠. 그렇게 때때로 서로에게 상처를 주면서도 서로를 놓기는 참 힘듭니다. 서로가 잘 살았으면 하는 마음은 같으니까.

그러니 잊지 않았으면 합니다. 다들 이 과정이 처음이라 서툴고 어색한 것뿐임을. 진심만큼은 우리를 위한 것임을. 놓지만 않으면 언젠가 서로의 마음을 온전히 알아주고 서로에게 기댈 수 있는 날이 올 것이니까요.

여러분의 부모님들이 항상 이렇지는 않았고
여러분이 태어난 후부터 이렇게 변했을 뿐이다.

- 빌 게이츠 Bill Gates-

속마음을 감추는 이들을
위한 마음

겉으로는 정말로 멀쩡한 누군가도, 그 누구에게도 보여주고 싶지 않은 초라한 모습들을 하나씩 가지고 살아간다. 아주 가까운 사이에게도 들키고 싶지 않은 그런 모습 말이다.

사람들은 종종 말한다. 다른 이들에게 털어놓고 같이 이겨내라고. 물론 혼자서 이겨내는 것보다는 같이 이겨내는 것이 세상을 살아감에 있어서 현명한 방법이겠다만, 이게 말처럼 쉬운 일은 아니다. 그러기 위해서는 다른 누군가에게 자신의 초라한 모습을 드러내야 하고, 그 모습을 보고도 나를 좋아해 줄 거라는 확신이 서지 않으니까. 신뢰하지 못한다는 것이 아니다. 그저 소중한 사람을 잃을까 무서운 것뿐. 미덥지 않은 사람이라 괜히 어떻게든 들키지 않으려 바보 같은 모습으로 아무렇지 않은 척을 하는 것이 아니고 당연히 괜찮다며 애써 웃어 보이기도 하는 것이 아니라는 말이다. 괜스레 상대방에게 너는 괜찮냐며 은근슬쩍 말을 돌리는 것도 같은 맥락일 테다.

이것은 '혼자서 세상을 살아가겠다.', '다른 이들의 도움이 없어도 괜찮다.'라는 것이 아니다. 혼자서 이겨내기에는 아주 벅찬 현실이고 자신의 마음에 꾹꾹 눌러 담아도 한계가 있는 법이니까. 사람이 밉지만 결국은 사람이 그리운 것과 같다.

이러한 이들에게 필요한 것은 자꾸만 힘들지 않으냐며 다그치는 것도, 자꾸만 괜찮냐며 묻는 것도 아니다. 그들의 마음을 끌어올리기보다는 그들의 마음에 스며들어주는 것. 예를 들면 정말 울음이 터질 것만 같을 때, 아무런 말없이도 곁에 있어 주는 그런 것 말이다.

주변에 누군가와 함께 버티는 것이 익숙하지 않은 사람들이 참 많습니다. 괜스레 걱정되는 마음에 괜찮으냐며 묻기도 하고 언젠가 힘든 것이 있으면 털어 놓으라 해도 때로는 그것이 부담되기도 하더군요. 털어놓고 싶어도 쉽게 입이 떨어지지 않는 것이니, 그럴 수 있겠다 싶었습니다. 물론 섭섭하기도 했지만, 시간이 지나니 알게 되었습니다. 그저 그들의 마음에 스며들면 언젠가 그들도 의지한다는 것을 말이죠.

만약 당신이 쉽게 속마음을 열지 않는 이라면, 혼자서 견디는 것 또한 분명 잘하고 있는 것이라 말해주고 싶습니다. 세상을 살아가기 위해선 스스로 이겨내는 연습도 필요하거든요. 그러나 때로는 함께 이겨내는 연습도 필요하다는 것을 알았으면 합니다. 살아가다 보면 혼자선 버티기 버거운 순간이 찾아오곤 하니까.

특별하지 않아도 괜찮습니다

세상에는 특별한 사람들이 많고 그들마저도 서로 경쟁을 해야 하느라 살아남지 못하는 것이 현실이다. 그 탓일까. 무언가 꿈을 좇는다거나 사람들과 어울리는 것에 앞서 그렇게 뛰어나지 않는다는 이유로 시작을 두려워한다. 자신을 스스로 보통의 사람, 혹은 그 이하의 사람으로 깎아내리면서까지 힘을 빼는 경우도 많다. 물론 보통의 사람이 된다는 것. 특별하지 않다는 사실과 마주하는 것은 참 무기력해지는 일이다. 특별하지 않다는 것은 경쟁 사회에서 살아남을 수 없다는 말이나 다름없으니까.

인간관계에서도 마찬가지다. 다른 사람들보다 나은 점

이 없으면 사람들이 나를 좋아해 줄 거란 생각이 쉽게 들지 않는다. 그래서 우리는 특별해지고 싶은 것일지도 모른다. 크나큰 세상 속에서 누구도 알아주지 않는 채로, 홀로 가라앉아 버릴 것만 같은 기분은 정말로 무서우니까.

글을 쓴지 한 일 년 정도 되었을 무렵, 글을 쓰는 것을 그만두어야겠다는 생각이 들었다. 내 전공이 글을 쓰는 것이 아니었기도 했고 봐주는 이들이 많이 없었기 때문이었다. 글솜씨가 특별하지 않은 탓에 사람들이 봐주지 않는 것으로 생각했다. 눈에 보이는 성과가 없기도 했고.

포기하고 싶은 마음을 늘 품은 채, 꾸역꾸역 쓰기를 일 년. 의욕도 없고 방황하며 쓰기는 했지만, 꾸준히 글을 올리다 보니 내 글을 읽어주는 사람들이 늘었다. 나의 글을 봐주는 이가 없던 것은 내가 특별히 잘 쓰지 못했기 때문이 아니었다. 그저 보이지 않았기 때문이었다. 물론 특출한 글솜씨가 있었으면 더 빠르게 알려졌겠지만. 열 명 중 나의 글을 좋아하는 사람이 한 명이 없다고 해도 백 명에게 보여주면 그중 한 명은 있을 것이고 그것마저도 여의치 않다면 천 명에게 보여주면 된다.

특별해야만 사람들이 좋아할 것으로 생각한 강박감이 나의 글을 좋아하는 사람이 없는 것을 특별하지 않기 때문이라 단정 지은 것뿐이다. 아직 나의 글을 좋아해 주는 사람을 만나지 못한 것뿐이었는데.

어쩌면 사람 관계도 마찬가지다. 누군가 자신을 좋아해 주는 사람이 없는 것을, 자신이 잘난 것 없이 못난 사람인 탓이라며 자신을 깎아내리지 않아도 될 일인 것이다. 단지 자신을 특별히 여겨줄 사람을 아직 만나지 못한 것뿐이라고 생각하면 되는 일이다.

나는 나를 특별하지 않다고 여겨도 누군가는 나를 특별하게 여길 수도 있습니다. 또, 정말 평범하면 어떤가요. 그렇다고 할 수 있는 것이 없는 무능력한 사람도 아니고 꾸준히 살아가다 보면 누군가에겐 특별한 사람이 되기도 하는 세상인데. 특별한 사람이 사랑을 받는 것이 아니라 사랑을 받다 보면 특별한 사람이 되는 것뿐입니다.

언제든 돌아갈 곳이
있다는 것은

바쁜 일상들의 연속. 삶이라는 이름으로 불리는 전쟁터
속에서 치열하게 싸우고 나면, 우리는 그 치열했던 시간
을 잊게 해주는 곳을 찾아 떠난다. 그것은 포근함을 느끼
는 자신의 집일 수도 편안함을 주는 가족의 품일 수도 있
으며, 시끌벅적한 친구들의 곁일 수도 있겠다. 그리고 그것
은 때로 우리가 일에 치이고 사람에 치여도 버틸 수 있도
록 도와주는 버팀목이 되기도 한다.

일과를 마치고 친구들을 만나러 가는 길. 오늘 하루 동
안 받았던 스트레스를 안줏거리 삼아 하소연할 생각에 설
레기도 한다. 어쩌면 그 설렘은 나와 같은 치열한 하루를

보낸 동지들을 맞이하러 가는 것이기 때문일지도 모른다. 시간 가는 줄 모르고 오늘 있었던 일들을 털어놓다 보면 오늘 힘들었던 것들을 잊어버리기도 하며, 언제 끝날지 모르는 하루를 원망했지만 결국엔 하루가 끝나는 것이 꽤 아쉽게 느껴진다.

아마 내일도 치열한 삶을 살 것이다. 다만 우리는 돌아갈 곳이 있고 쉴 곳이 있다. 힘들었던 하루를 털어낼 곳이, 힘들었던 하루를 위로받을 곳이 있다. 이것은 어쩌면 행운일지도 모른다. 이렇게 힘들기만 한 세상의 굴레에서 내 한 몸을 기댈 수 있는 곳이 있다는 것은 흔치 않은 일이니까.

그러니 언제나 잊지 말자. 오늘도 내일도 그다음 날도 치열할 테고 때로는 버티기 힘들겠지만, 우리에겐 언제든 돌아갈 곳이 있다는 것을.

치열한 삶 속에서 자신의 자리가 있다는 것은 참 다행입니다. 마치 '여기가 네가 있을 곳이야. 여기에 네 자리가 있어. 언제든 힘들 때면 찾아와도 괜찮아.'라고 말해주는 그런 자리. 언제까지고 이리 치이고 저리 치이며 살아가야 하는지 막막한 세상에서, 그래도 살아가야 한다는 한 줄기 희망이 되어주니 말입니다.

삶은 우정에 의해서 보다 풍성해지고
살아가는 데 있어서 최대의 행복은
사랑하고 사랑받는 데 있다.

- 시드니 스미스 Sidney Smith -

적절한 거리 두기

　사람과 사람 사이에는 벽이 존재한다. 아주 밀접한 사이라 할지라도 이 벽은 존재한다. 사람 사이에 거리라 불리는 벽. 두께도 개수도 일정하지 않다. 사람에 따라, 상대에 따라 다들 제각각이다. 친해지고 싶은 사람이 있을 땐 몇 겹으로 가려져 있는 벽을 조금씩 허물기도 하고, 멀리하고 싶은 사람이 있을 땐 더 두껍고 많은 벽을 세운다.

　많은 사람을 만나며 살아가야 하는 이 세상에선 이 벽이 필수다. 얼마나 얇든 얼마나 적든 말이다. 자신을 위해서도 상대를 위해서도. 누군가 너무 냉정하고 각박한 세상이지 않으냐고 한다면, 이것은 그러한 것과 별개의 요소라고 말하겠다. 벽을 세워 거리를 만드는 것이 마음을 열지 않는다는 말은 아니니까. 마치 모든 집이 벽으로 막혀있음에도, 문을 이용함으로써 손님을 들이기도 하고 들이지 않을 수도 있는 것 같은 그런 이치이다.

벽을 두르지 않으면 그것은 누구의 영역인지 알 수 없다. 땅을 가지고 있어도 영역을 구분하지 않으면 그저 사람들이 지나다니는 길이 되는 것처럼 말이다. 주인이 있는 땅임을 알더라도 명확히 영역을 구분하지 않는다면 사람들은 '이쯤은 지나가도 괜찮겠지.'라고 지레짐작하며 지나갈 뿐이다.

이러한 상황의 대표적인 예는 가족 사이다. 분명 가까운 사이지만 그 가까움이 어느 정도인지, 사이에 벽이 있는 것인지 없는 것인지조차 판단이 되지 않을 정도로 애매하다. 아무도 들어오지 않았으면 할 때도, 더 이상 넘지 않았으면 할 때도 가족들은 자꾸만 들어온다. 내심 불편하지만 어쩔 도리가 없다. 마치 내 집 마당임에도 담장이 없던 탓인지, 내 집 마당을 지나가는 사람에게 뭐라 할수 없는 기분. 담장을 세우지 않아 경계를 나누지 않은 내 잘못이지, 아무것도 없는 땅을 지나간 사람 잘못은 아닌 것 같달까.

그래서 사람과 사람 사이에 벽이 필요한 것이다. 우리에겐 언제나 제집 드나들 듯이 드나들 수 있는 영역이 필요한 것이 아니라 같이 있다가도 때로는 혼자만 있을 수 있는 영역이 필요한 것이니까.

또 넘지 말아야 할 선을 넘은 것인지, 어디까지가 괜찮은 것인지 알려줄 경계가 있어야 서로를 위해 조심하기도 하며 좋은 관계를 유지할 수 있을 것이니.

사람 사이에 적절한 거리를 두지 않으면 우리는 알게 모르게 지나칠 정도로 기대게 되기도 하고, 알게 모르게 상처를 주기도 합니다. 서로 경계를 명확히 하지 않으니 나도 상대방도 서로가 불편해하는 선을 모르는 것이 당연합니다.

얇고 낮아도 괜찮습니다. 소극적이고 초라하게 말할지라도 타인의 말과 행동으로부터 느낀 감정을 표현하기 시작하면, 점점 자신만의 영역이 생길 것이라는 이야깁니다. 그 정도면 충분합니다. 서로 다치지 않고 좋은 관계를 유지하는 것에는.

관계를 유지하기 위한 마음

상대방을 이리저리 자신의 입맛에 맞추려는 사람들이 있다. 이는 보통 연인 관계에서 자주 보이곤 하지만, 그 외의 관계에서도 종종 보인다. 그들은 대개 '사랑하니까.' 혹은 '다 너를 위한 거니까.'라는 말로 상대방을 휘두르곤 한다. 쉽게는 '이러지 마. 저러지 마.'라는 말부터 '나는 그러지 않으니까, 너도 그러지 말라.'는 합리적인 듯하면서도 합리적이지 않은 강요의 말까지.

물론 사람들과 어울리고 사랑하며 살아가기 위해선 서로 맞춰가야 할 부분이 있다. 그러나 그것은 어디까지나 서로 노력을 하고 서로가 다치지 않는 선에 해당하는 것이다.

분명 사랑하는데 자꾸만 엇나가는 것만 같은 관계를 봤고 오래 봐온 관계임에도 어느 날인가 엇나가는 관계를 봤다. 반면, 맞지 않는 것만 같은데도 오랫동안 유지되는 관계 또한 봤다. 관계를 유지하는 데에 있어 핵심은 얼마나 사랑하는지, 얼마나 친한지가 아니다. 사랑하니까 맞춰주어야 하고 친하니까 맞춰주어야 하는 건 중요하지만, 근본적인 이유가 아니라는 이야기.

"배려".

서로 배려하는 마음이 없으면 어떤 관계가 되었든 지속될 수 없고, 서로 배려하는 마음만 있으면 어떤 관계가 되었든 지속될 수 있다. 자신을 존중하지 않는 사람을 만나고 싶은 사람은 없고 자신을 존중해주는 사람을 만났을 때 사람은 빛이 나는 법이다.

사람과 사람 사이에선 배려가 매우 중요합니다. 둘 중 한 사람만 배려해도 유지되기는 하는 것이 관계지만, 혼자만 하는 배려는 지치기 마련이거든요. 이 말은 나만 좋아한다고 내가 참고 버텨봤자 그렇게 오래 관계를 이어갈 수 없다는 말이기도 합니다.

상대방이 뱉은 사랑한다는 말이나 친하다는 말로 포장된 강요와 요구를 계속해서 받는다면, 그 관계는 내가 버틸 수 있을 때까지만 유지되는 것입니다. 그러니 상대를 위해 억지로 자신을 바꾸지도 그로 인해 자신을 잃지도 않았으면 좋겠습니다.

사랑하니까 당연히 맞추어가야 한다는 말. 그것은 어디까지나 서로의 마음을 충분히 이해할 수 있고, 존중받는다는 느낌을 받을 때 한해서임을 잊지 않기를 바랍니다.

사랑의 첫 번째 의무는
상대방의 말에 귀를 기울이는 것이다.

- 폴 틸리히 Paul Tillich -

나를 잃지 않으면서
타인을 사랑하는 방법

사랑을 할 때, 이기적으로 사랑하라는 말이 있다. 보통 상대를 위해 희생하는 헌신적인 사랑을 하다 결국 다치기만 하는 이들에게 하는 말이다. 그들은 사랑하는 이를 위해 상대가 원하는 사람이 되고 상대가 원하는 것을 해주고 상대에게 딱 맞는 사람이 되고자 한다. 잘못된 것은 아니다. 사랑하는 이에게 모든 걸 해주고 싶은 마음은 당연한 마음이기도 하니까.

그러나 한편으로는 위험하다. 조금씩 조금씩 자신을 깎아내며 다른 이에게 맞추다 보면 본래의 자신을 잃게 되기 때문이다. 연애를 함에 있어 계속해서 비슷한 사람을 만나는 것도 같은 맥락이다. 물론 나와 잘 맞는 모양이라는 것을 스스로 잘 인지하고 있기 때문도 있겠지만, 이미 맞춰 보았던 모양이 있고 더 이상 모양을 바꾸기 힘들 때, 결국 이전과 비슷한 모양을 가진 사람을 만나게 된다. 자꾸만 나쁜 사람만 만나게 되는 것도 그렇고, 결말이 자꾸만 같은 것도 그런 이유 때문이다.

내 인생을 살아오며 만들어왔던 '나'라는 사람을 억지로 다른 사람에게 맞춘 모양으로 바꾸어 놓고 그 모양에만 맞는 이들을 만나면 지치기도 쉽다. 모든 관계에서도 마찬가지다. 나를 깎아내면서까지 다른 이들과 맞춰간들, 그곳엔 더 이상 '나'라는 사람은 없고 공허함만 남을 뿐이다.

나를 내어주는 것은 배려가 아니다. 나를 내어주어야만 나와 맞춰주는 이기적인 사람에게 나를 바치는 행위이며 자신에게 상처를 주는 행위일 뿐이다. 아무리 사랑하는 이라도 내 자신을 깎아내야 겨우 맞출 수 있다면 한 번쯤 다시 고려해볼 필요가 있고, 그렇게 내 모든 것을 내어주어야 비로소 나와 어울리는 사람인지 생각해볼 필요가 있다.

나를 한번 잃어버리면 되돌리기 여간 힘든 일이 아니니까.

우리는 알게 모르게 타인에게 맞춰주려고 합니다. 이것은 많은 사람과 섞여 살아가기 위한 본능입니다. 그리고 맞춰 보려고 했을 때, 우리는 이미 알 수 있습니다. 맞춰갈 수 있는 사람인지, 그렇지 않은 사람인지. 상대방도 우리와 똑같이 맞춰보려 했을 테니까. 만약 맞춰갈 수 있는 사람이라 느꼈다면 상대도 자연스레 노력하고 있다는 것이고 맞지 않는다는 것을 느꼈다면 아무리 노력해도 결국 내 손으로 놓게 될 사이가 될 것입니다. 맞춰가기를 포기했거나, 정말 맞지 않는 사람일 테니까.

맞지 않는 관계에 애쓰지 않는 것이 사람들이 말하는 '이기적으로 살아.'에 해당하는 부분입니다. 이것은 이기적이라 할 수도 없습니다. 자신을 위하는 최소한의 마음이니까. 오히려 이기적인 것은 자신이 아닌, 나에게 희생을 강요하는 쪽이라는 사실을 잊지 마세요. 이기적인 사람에게 자신을 잃는 것만큼 슬픈 일은 없으니까.

이기주의란 내가 원하는 대로 사는 것이 아니라
상대에게 내가 원하는 방식으로 살라고
요구하는 것이다.

- 오스카 와일드 Oscar Wilde-

남을 쉽게 놓지 못하는 것은
바보 같은 것이 아닙니다

가끔 사람들에게 모질게 굴어야 할 때도 그러지 못하는 자신을 한심하게 여기는 사람들이 있다. 누군가를 쉽게 떠나보내지 못하는 자신을 바보같이 여기는 사람도 있고. 이들은 아무렇지도 않게 뱉는 말을 괜스레 미안한 마음에 뱉어내지도 못한다. 어찌 보면 사서 고생하는 느낌이라 할 수 있겠다.

사람들은 이들을 보며 바보같이 굴지 말라며 핀잔을 주기도 하고 다음에는 확실히 말을 하라거나 그런 사람은 빨리 잊어버리라며 조언을 해주기도 한다. 틀린 말은 아니다. 그러나 그런 말들은, 그렇지 않아도 자신을 탓하느라 힘들